REGRESAR A ALBEMORE

Mary Lynn Michelle

ISBN 978-1-964462-86-8 (Paperback)
ISBN 978-1-964462-87-5 (Ebook)

Inquiries and Book Orders should be addressed to:

Leavitt Peak Press
17901 Pioneer Blvd Ste L #298,
Artesia, California 90701
Phone #: 2092191548

Para Carol y Albert Trim
Siempre en Mi Corazón

RESEÑA DE KIRKUS

La autora debutante Michelle ofrece un libro infantil que combina caballos, magia y aventura.

Los caballos blancos Crystal y Shadow son amigos de toda la vida que comienzan la historia como animales salvajes, viviendo simplemente con otros miembros de su manada. Un ranchero local atrapa a la pareja y los lleva de vuelta a su granja; allí, los caballos conocen a los jóvenes Dana, cuyo padre dirige el rancho, y su amiga Rachel, quienes se sienten terriblemente porque las criaturas salvajes están siendo forzadas a la domesticación. Las chicas idean un plan para dejar ir a los animales por la noche cuando nadie está vigilando sus corrales. Sin embargo, uno de los trabajadores del rancho, Ricky, escucha su conversación y las sigue; tiene ambiciones de convertirse

En el ranchero principal, y está dispuesto a ejecutar su propio plan sospechoso para conseguir lo que quiere, uno que involucra secuestrar a los niños. Sin embargo, antes de que pueda hacerlo, un exsoldado que vive en un refugio cercano lo detiene, y las chicas logran escapar a caballo. El resto de la historia sigue la aventura de las chicas mientras siguen un mapa para intentar devolver a los caballos a su original en casa y ponerse a salvo; en el camino, la historia introduce un elemento mágico inesperado. La obra de Michelle está claramente destinada a un público muy joven que está comenzando a leer libros por capítulos. Como tal, la narrativa es simple y fácil de seguir, pero también hace un esfuerzo por captar la atención del lector con muchos incidentes, así como aspectos sobrenaturales intrigantes. El desarrollo de los personajes se centra principalmente en la amistad entre Rachel y Dana, y su conflicto con Ricky. El libro también aborda con habilidad temas de lealtad, respeto y cooperación para alcanzar un objetivo común.

Una novela corta de fantasía directa y atractiva sobre la amistad y la superación de dificultades.

CAPÍTULO 1

Soy un caballo; una yegua salvaje, de hecho. Tengo una larga crin blanca y una cola blanca y fluida. Soy de un color más oscuro que mi madre, pero ella me dijo que me volveré blanca cuando crezca. Muchas cosas suceden por una razón y siempre me lo pregunto. Déjame contarte una historia sobre mi vida, podría ayudarte a aprender.

Todo comenzó cuando nací y crecí en la naturaleza. Nací en la primavera, en una hermosa llanura verde. Me parecía justo a mi madre pero un poco diferente ya que mi crin y mi cola eran pequeñas.

Luché para levantarme y poder seguir a mi madre y la manada. Mi madre me esperaba pacientemente. Cuando me levanté, mi pezuña izquierda cedió y caí al césped verde. Lo intenté de nuevo y ocurrió lo mismo. Mi madre me mostró cómo levantarme sin caer. Ella me ayudó a levantarme a medias y el resto lo hice yo mismo. Una vez que me levanté, di pasos de bebé, luego empecé a caminar, troté, galopé y finalmente galopé a toda velocidad.

Mi madre se sorprendió mucho cuando galopé. Sabía que tenía la fuerza y el corazón de mi padre, que era un semental blanco salvaje y líder de la manada.

La primavera es una estación hermosa porque florecen muchos tipos de flores. Mamá dice que hay cuatro estaciones en el año: primavera, verano, otoño e invierno. También dice que nací en la primavera, como los demás potros de la manada.

El verano sigue a la primavera, es hermoso y mucho más cálido. La razón por la que hace calor es porque el sol es más fuerte durante el verano. Esto también calienta la hierba verde. La manada y yo galopamos por la llanura verde y vemos flores de diferentes colores. Los árboles están más verdes que nunca en esta temporada.

Siempre me encanta galopar por la llanura verde con los otros potros bajo el sol. Es agradable ver a otros animales salvajes jugando alrededor. Siempre parecemos sentirnos libres sin preocupaciones que nos asusten. Eso es gracias a mi padre, ya que él protege a la manada de cualquier peligro.

Durante el verano conocí a otro potro llamado Shadow. Oh, por cierto, soy Crystal. Perdón, olvidé presentarme. Shadow se parece a mí y es de un color más oscuro que yo.

Nos hicimos buenos amigos y pronto conocí a su madre. Mi madre y la madre de Shadow estaban hablando, y escuché que decían que Shadow y su madre no tenían manada. Mi madre le dijo a la madre de Shadow que podían quedarse con nosotros y ser parte de nuestra manada.

Shadow me contó que nunca le gustó estar en una manada porque le gustaba ver diferentes tierras.

Hicimos un acuerdo de que podía ir y venir cuando quisiera, y visitarme cuando regresara.

El otoño llegó después del verano. Las hojas de los árboles cambiaron a colores hermosos. Los colores eran rojo, amarillo, naranja, marrón y morado. Después de que las hojas cambiaron de color, comenzaron a caerse de los árboles. Transformaron la llanura verde en un hermoso campo colorido. A los otros potros y a mí nos encantaba saltar entre las hojas coloridas en el suelo y simplemente divertirnos.

El invierno siguió al otoño y con él llegó la nieve. Fue la primera vez que vi nieve. Parecía una manta blanca que cubría la llanura verde y los árboles. Mi madre me dijo que cuando hace suficiente frío, la lluvia se convierte en nieve, que es agua congelada. En invierno viajábamos a diferentes lugares para encontrar comida, agua, refugio y mantenernos calientes. Era divertido jugar en la nieve con los otros potros y no tener las moscas que teníamos en el verano que nos hacían picar.

* * *

Pasaron unos años y cumplí cuatro años. Fue entonces cuando me convertí en un adulto completamente desarrollado. Después de cumplir cuatro años, mi madre me dio la tarea de ayudar a la manada.

Un día promedio siempre es difícil. Algunas yeguas que están embarazadas necesitan ayuda y yo las consuelo para que puedan dar a luz. Veo cómo los potros crecen y se hacen más fuertes. Es muy reconfortante ver que la manada crece y se divierte sin preocupaciones.

Un día, mientras vigilaba a los potros, vi un caballo blanco galopando en la llanura verde. Se dirigía hacia mi manada. Entonces me di cuenta de que era Shadow. No lo había visto desde hacía mucho tiempo. Empecé a galopar para encontrarme con él.

Nos saludamos y le conté cómo había asumido el trabajo de mi madre de ayudar a la manada. También le conté cuántos potros habían nacido a lo largo de los años. Shadow me dijo que se quedaría y me ayudaría a mí y a la manada porque había conocido a otros caballos machos. Le aconsejaron que es mejor estar en una manada que solo, lo cual es mucho más difícil que estar con una manada.

Pasaron unos días y llegó un hermoso y cálido día de primavera. Mientras vigilaba a los potros, vi a un caballo de color castaño caminando a lo lejos. Había algo extraño en ese caballo. Tenía algo en su espalda. Era algo que nunca había visto antes y la manada estaba asustada.

Era una criatura extraña que se paraba sobre sus patas traseras y podía caminar sobre ellas. La criatura estaba sentada sobre algún objeto extraño que estaba encima de la espalda del caballo. No confiábamos en la criatura, así que Shadow y mi padre movieron la manada lejos por seguridad.

Me quedé con Shadow. Cuando la criatura se bajó del caballo para ir al río a buscar agua, me acerqué al caballo. Hablé con ella y le pregunté qué era la criatura. El nombre del caballo era Sunshine y ella me dijo que la criatura se llamaba humano.

Cuando el humano y Sunshine se fueron, fui a la manada y les conté lo que Sunshine había dicho. La manada estaba confundida y todos nos preguntábamos por qué Sunshine y el humano habían venido a nuestra hermosa llanura verde. ¿Por qué se habían ido en la misma dirección por la que habían venido? ¿Había algo que el extraño humano quería encontrar? Supongo que algunas preguntas aún no pueden ser respondidas.

Unos días después, Shadow anunció que iba a dejar la manada nuevamente. Dijo que había pensado en el humano y se preguntaba si había otros territorios allá afuera que no había visto.

Justo antes de que Shadow fuera a irse, vimos otra manada de caballos con un humano sobre cada uno de sus lomos galopando hacia nosotros. Había algo extraño en cómo actuaban y mi madre y padre movieron la manada lejos por seguridad.

Shadow y yo distraeríamos a los humanos para que la manada pudiera escapar. Pronto los humanos comenzaron a perseguirnos y nos atraparon con algo que se llamaba una cuerda. Poco después, comenzó mi aventura.

CAPÍTULO 2

"¿A dónde nos llevan los humanos?" pregunté, pero los caballos parecían un poco asustados.

"Escuché a los humanos decir que van a domarnos," nos dijo uno de los caballos. Eso significa que van a quebrar nuestro espíritu salvaje.

Pasaron algunos días y noches, y finalmente llegamos a un espacio abierto y amplio que uno de los caballos llamó un rancho. Los humanos fueron amables y dejaron que Shadow, yo y los otros caballos descansáramos durante el día y la noche con otros caballos. Shadow y yo nos hicimos amigos de los otros caballos.

"¿Por qué los humanos quieren domarnos?" pregunté a los otros caballos.

De repente, Shadow y yo vimos a Sunshine caminando hacia nosotros.

Ella dijo: "El humano que montaba sobre mí le dijo a los otros humanos que te vio con tu manada en la llanura verde."

Shadow y yo finalmente entendimos por qué Sunshine y el humano fueron a nuestra hermosa llanura verde. Necesitaban más caballos por alguna razón, y nos encontraron.

A la mañana siguiente, uno de los humanos llevó a Shadow para domarlo. Los otros caballos nos habían dicho que, con trabajo constante y lento, los humanos intentan ganar nuestra confianza permitiéndoles ensillarnos y montarnos. Esto ha estado sucediendo durante mucho tiempo y los otros caballos no saben por qué.

De la nada, una humana mucho más pequeña se acercó a nosotros y preguntó con una gran sonrisa en su rostro, "¿Puedo montar al semental?"

Los otros humanos parecían asustados. La niña humana más pequeña fue llamada Dana por los otros humanos. Dana tiene cabello castaño claro largo, ojos marrones oscuros y vestía ropa azul claro como el cielo diurno.

También había otra niña humana tan alta como Dana. Los humanos la llamaban Rachel. Ella tiene cabello negro largo, ojos tan oscuros como su cabello y vestía ropa negra como el cielo nocturno.

Dana es una niña valiente e inteligente que no tiene miedo de hacer lo que quiere. Rachel es una niña inteligente como Dana, pero más tranquila y relajada. Rachel ayuda a Dana a calmarse cuando pierde el temperamento, pero ambas niñas son agradables y son las mejores amigas.

"¿Por qué me miras así?" preguntó Dana con una voz ligera pero firme. "¿Puedo montar al semental blanco?"

"No", respondió un humano llamado Robert con voz severa. Robert es más alto que Dana y tiene cabello castaño corto, ojos marrones oscuros como los de ella, y llevaba ropa marrón. "No puedes montar al semental blanco. ¡Es demasiado salvaje!"

"Pero, padre..."

"¡Oh, cálmate Dana!" interrumpió Rachel. "¡No puedes siempre discutir con tu padre solo porque no te deja montar los caballos que atrapa todos los días!" Cuando Dana dijo "padre", yo salté de sorpresa.

Se parecen, pero actúan de manera muy diferente. "El padre de Dana dirige el rancho", me contó Sunshine. "Siempre le dice a Dana que no monte ninguno de los caballos hasta después de que estén domados y bien mansos."

"Rachel, no me digas qué hacer", dijo Dana con severidad. "Estoy bien. Solo no quiero que mi padre siga atrapando más caballos salvajes para domarlos."

"Lo sé", respondió rápidamente Rachel. "Me lo dices todo el tiempo y me canso de escucharlo."

Mientras Robert intentaba ensillar a Shadow, a quien no le gustaba nada y trataba de escapar cada vez que podía en el corral redondo, Dana pensó por un momento.

De repente, Dana chasqueó los dedos y con una sonrisa en la cara se volvió hacia Rachel.

"Tengo una idea", le susurró Dana a Rachel para que su padre no la oyera. "¿Por qué no dejamos que los caballos se vayan libres, para que regresen a sus manadas?"

"¿Estás loca?" susurró Rachel en respuesta. "Tu padre se enojará mucho contigo, ¿y cómo vas a hacer eso? El rancho está lleno de gente."

Cuando Rachel dijo eso, Dana pareció confundida.

Nunca había pensado en cómo liberarnos. Pensó por otro momento. Luego, parecía que tenía otra idea.

"De noche", susurró Dana emocionada. "Podría ser la única manera de sacar a los caballos blancos. Son los únicos caballos en el rancho que no están domados. Podría..."

"Dana", gritó Rachel en un susurro. "Tienes que calmarte y no te preocupes; te ayudaré en todo momento." "¿En serio?" preguntó Dana con una sonrisa y abrazó a Rachel. "Muchas gracias, Rachel; me alegra tener una amiga como tú que siempre me ayuda cuando lo necesito."

"De nada", respondió Rachel.

Esa noche, Dana y Rachel salieron para sacarnos del rancho. Dana me guió a mí y Rachel guió a Shadow con cuerdas en nosotros, pero ni a Shadow ni a mí nos gustaban las cuerdas. Dana y Rachel nos llevaron tan lejos como pudieron y se detuvieron cerca de un arroyo para quitarnos las cuerdas.

"Allí", dijeron al mismo tiempo como si estuvieran en armonía. "Son libres."

Cuando nos fuimos, no teníamos idea de que Dana y Rachel estaban en problemas. Un amigo del padre de Dana llamado Ricky nos había seguido con sus propios planes misteriosos. Se parece al padre de Dana, pero tiene ojos marrones claros y arrugas bajo los ojos y en el cuello.

Dana y Rachel gritaron cuando Ricky las agarró e intentaron liberarse.

Escuché a Ricky decir en voz baja, "Finalmente las atrapé a las dos. Ahora todo lo que tengo que hacer es conseguir que Richard renuncie a su cargo y yo puedo tomar el control."

Antes de que pudiera llevárselas, Rachel mordió la mano de Ricky y Dana hizo lo mismo.

Cuando Ricky los soltó por el dolor, ellas corrieron. Shadow y yo oímos gritar a Dana y Rachel, y vimos que corrían hacia nosotros.

Luego vimos a Ricky corriendo tras ellas, gritando con ira, "¡Vuelvan aquí!"

Cuando Dana y Rachel se acercaron a nosotros, sugerí a Shadow que deberíamos esperarlas. Le recordé a Shadow que las chicas nos habían ayudado a escapar y Shadow estuvo de acuerdo.

"Debemos seguir siendo cautelosos, ya que son humanos", dijo Shadow.

"Lo sé", respondí con voz tranquila. "Seré cuidadoso con ellas."

Dana y Rachel nos miraron con caras perplejas, preguntándose por qué estábamos quietos y no huyendo.

"¿Por qué crees que están ahí parados?" preguntó Dana a Rachel con respiraciones entrecortadas. "Deberían estar corriendo."

"No lo sé", respondió Rachel con voz baja. "Puede sonar loco, pero creo que quieren ayudarnos."

"Yo estaba pensando lo mismo", estuvo de acuerdo Dana. "Podría ser por ayudarles a salir del rancho."

Cuando Dana y Rachel nos alcanzaron, les permitimos sentarse en nuestros lomos. Rachel estaba en Shadow y Dana en mí. Shadow y yo empezamos a galopar lo más rápido que pudimos, alejándonos de Ricky para llevar a las chicas a un lugar seguro.

CAPÍTULO 3

Galopamos lejos del rancho y de Ricky, hasta que empezó a llover y las nubes cubrieron el cielo oscureciéndolo.

"Necesitamos encontrar refugio", gritó Dana lo más fuerte que pudo para que Rachel pudiera oírla sobre el trueno. "Está empeorando aquí afuera."

"Lo sé", gritó Rachel tan fuerte como Dana. "¿Dónde podemos ir?"

"Por aquí, señoritas", dijo un anciano en un refugio sucio que casi se mezclaba con el paisaje y estaba en medio de un bosque. "Entren a mi casa y salgan de la lluvia, y pueden poner a los caballos en el establo."

"Puede que sea la única opción", gritó Dana, confundida. "Al menos por la noche, así los caballos pueden secarse y descansar." Así que, Shadow y yo entramos en lo que el anciano llamaba un establo. No confiábamos en el anciano porque era otro humano, pero al menos podríamos salir de la lluvia.

Una vez dentro, las chicas secaron a Shadow y a mí y nos pusieron en un recinto que tenía comida y agua. "Gracias", dijo Dana al anciano mientras todos entraban en su casa.

Dentro de la casa, los humanos conversaron: "¿Quién eres?" preguntó Dana.

"Soy David", respondió mientras se sentaban en los sofás. David es un hombre mayor con cabello gris corto y rizado, tiene ojos verdes claros y llevaba ropa de color camuflaje. "¿Quiénes son ustedes, señoritas?"

"Disculpa, nunca nos presentamos", dijo Dana. "Soy Dana y esta es mi amiga Rachel. Es un placer conocerte."

"¿De dónde vienen?" preguntó David. "Venimos del rancho de mi padre", respondió Dana con calma. "Su amigo, Ricky, nos agarró cuando estábamos intentando hacer algo."

"Dana", dijo Rachel en voz baja. "No sé si debemos contarle algo."

"Está bien", dijo David a Rachel con firmeza. "Soy un soldado retirado del ejército y me gustaría ayudar."

"¿Eres un soldado retirado?" preguntaron Dana y Rachel al mismo tiempo, mirándose la una a la otra con la boca abierta.

"Así que", dijo David riendo. "Ahora, ¿me dirán cómo puedo ayudar?"

"Empezó así", dijo Dana tomando aire profundamente. "Mi padre recoge caballos salvajes y trata de domar a cada uno de ellos para controlar la población, pero los está alejando de sus familias y hogares."

"Entonces, Dana tuvo una idea", dijo Rachel tomando turno. "La idea era que deberíamos ayudar a los únicos dos caballos en el rancho que no estaban domados."

"Entonces fuimos al río", dijo Dana tomando otro turno. "Dejamos libres a los dos sementales blancos, pero nunca supimos que estábamos siendo seguidos por un trabajador del rancho que mi padre contrató recientemente llamado Ricky.

"En ese momento nos agarró", dijo Rachel a su turno. "Dijo que finalmente nos había atrapado y que podría hacer que el padre de Dana renunciara a su trabajo. Logramos escapar de Ricky con la ayuda de los dos caballos y ahora estamos aquí."

"Suena como una aventura", dijo David con entusiasmo y comprensión. "Ahora, ustedes dos chicas deberían llevar a los dos sementales blancos de vuelta con sus familias, si saben dónde viven."

"No lo sabemos", dijo Rachel con una expresión triste. "Mi padre nunca me dice a mí ni a Rachel dónde encuentra los caballos salvajes", dijo Dana.

"Hmm, tal vez los caballos blancos sepan cómo volver a casa", dijo David.

"Si dejamos ir a los caballos, ¿entonces qué pasa con Ricky?" preguntó Dana preocupada. "Podría querer atraparlos y mostrárselos a mi padre."

"Tenemos que ser cuidadosos", respondió David asintiendo. "Intentaré ayudar encontrando a Ricky, pero hasta entonces, ustedes dos chicas deberían quedarse aquí. Además, no estén tan enojadas con su padre. Puede ser difícil de entender ahora, pero su trabajo es importante."

David salió a buscar a Ricky. De vuelta en el establo:

Cuando la tormenta terminó, Shadow y yo empezamos a preguntarnos cuánto tiempo íbamos a estar en el establo.

"Quiero salir de aquí", dije con ira pateando la pared. "¡Soy un caballo salvaje!"

"Calma, Crystal", dijo Shadow con voz suave. "Los humanos nos dejarán salir y seremos libres de nuevo."

"Espero que tengas razón", respondí con una voz más calmada. Entonces, vi a David corriendo fuera de la casa. "¿A dónde va el anciano y qué le pasa?"

"No lo sé", respondió Shadow con voz confusa.

De vuelta en la casa, pasaron unas horas:

"Oye Rachel, creo que deberíamos ayudar a David", sugirió Dana. "Digo, ¿y si se lastima?"

"David estará bien", respondió Rachel con una sonrisa. "Aunque no estaría de más asegurarnos de que estará bien."

"Genial", gritó Dana con una sonrisa en su rostro. "Vamos."

Dana y Rachel vinieron a nuestro establo y preguntaron: "¿pueden ayudarnos ambos?"

"Vamos a seguir a David y podríamos necesitar su ayuda", preguntó Dana con una sonrisa radiante.

Shadow y yo lo pensamos unos segundos y luego asentimos con la cabeza.

Ellas subieron a nuestros lomos y empezamos a galopar para ver qué nos depararía el camino.

"Este viaje en el que estamos es un poco extraño", dijo Dana pensativa. "Siento que conozco esto, pero de manera diferente."

"¿Por qué dices eso, Dana?" preguntó Rachel confundida. "No entiendo."

"Leí este libro", respondió Dana con un suspiro profundo. "Era sobre dos chicas que tenían caballos y tuvieron una aventura, como nosotros ahora, pero sucedieron cosas. Cosas malas, pero creo que todo está en mi cabeza."

"Eso es raro", respondió Rachel. "¿Cómo se llamaba el libro?"

"Creo que se llamaba, Viaje a Albemore", respondió Dana aún pensativa. "Era un buen libro, pero es lo mismo, como si realmente estuviéramos en el libro."

Mientras Dana, Rachel, Shadow y yo intentábamos alcanzar a David, ocurrió algo que cambiaría todo.

Más adelante, David buscaba pistas para encontrar a Ricky, pero nunca supo que Ricky lo estaba observando todo el tiempo. Cuando David no estaba mirando, Ricky se acercó por detrás, le golpeó en la cabeza con una roca y lo dejó inconsciente. Ricky puso a David en su alto caballo negro y cabalgó hacia la distancia.

Un pedazo de papel cayó de la bolsa de Ricky mientras huía.

Dana, Rachel, Shadow y yo llegamos galopando al lugar donde David fue capturado, pero nunca supimos que algo le había sucedido a nuestro nuevo amigo.

"Pensé que ya habríamos alcanzado a David", dijo Dana confundida. "Se suponía que estaría aquí, creo."

"Podemos encontrarlo más tarde", respondió Rachel con confianza. "Ahora creo que deberíamos descansar porque los caballos están cansados de correr."

"Quizás deberíamos ponerles nombres", dijo Dana. "Ellos tienen nombres, pero me gustaría saber cuáles son."

"Inventemos nombres", respondió Rachel. "Creo que llamaré al caballo en el que monto, Ghost, porque en la lluvia parecía que brillaba con la luz de la luna." "No sé cómo llamar al mío", dijo Dana pensativa. "La llamaré, Angel, porque siempre fue amable y suave cuando la monté."

Shadow y yo pensamos que esos eran buenos nombres para nosotros, así que dejamos que Dana y Rachel nos llamaran por estos nombres humanos.

"¡Oye Rachel, ven a ver lo que he encontrado!" gritó Dana a Rachel.

Dana había estado buscando cualquier señal o pista de David en caso de que estuviera herido.

"Mira, encontré el sombrero de David."

"¡Tiene que ser Ricky!" gritó Rachel con voz enojada. "No confío en ese hombre."

"Tenemos que encontrarlo", dijo Dana preocupada. "Podría haber herido a David."

"Oye, mira", dijo Rachel calmándose. "Ricky podría haber dejado caer este mapa. Nos muestra a dónde iba y podría ser donde se está escondiendo. Así que vamos a encontrarlo y salvar a nuestro amigo."

CAPÍTULO 4

Con el cambio de la noche al día, Dana y Rachel montaron sobre nosotros para ir a buscar a David. Todos sabíamos que sería un viaje largo, así que volvimos a la cabaña de David para abastecernos de provisiones.

"¿Qué es lo primero en el mapa, Rachel?" preguntó Dana una vez que salimos. "Ricky podría estar en cualquier parte del mapa." "Parece un desierto", respondió Rachel, desconcertada mientras miraba el mapa montando a Shadow. "Creo que también hay una parte diferente, como un bosque lluvioso y un océano." "Ricky sí sabe dónde esconderse", bromeó Dana. "Va muy lejos para que nadie pueda encontrarlo."

"Pero eso significa que será más difícil encontrarlo", dijo Rachel haciendo un punto. "Incluso si pasamos todo esto, podría estar en cualquier lugar de esas partes del mapa a las que no podemos llegar."

Mientras Dana, Rachel, Shadow y yo buscábamos a Ricky y David; Ricky se escondía en un almacén subterráneo de color marrón oscuro. Tenía dos ventanas rotas que contenían diferentes equipos dentro.

"¿Qué planeas hacer, Ricky?" preguntó David desde dentro de su celda. "¿Qué vas a hacer con las chicas?"

"Primero", respondió Ricky. "Como nunca saldrás de aquí, te contaré mi plan. Día y noche tengo que trabajar para ese diablo, Robert, y escuchar sus órdenes diciéndome qué hacer. Todo lo que hace es mandarme, pero nunca me deja liderar. Por la noche hago todo su trabajo sucio lavando los caballos y alimentándolos a la mañana siguiente con apenas un poco de sueño. Así que, pensé en un plan. Si intento llegar a su hija y actuar como si fuera a herirla, él cederá. Tomaré control del rancho y haré que Robert trabaje para mí."

"Entonces, solo te importas tú y tus sentimientos", dijo David con enojo. "¿Por qué no le pides simplemente a Robert que sea más amable en lugar de mantenerme aquí? ¿Por qué quieres mantenerme aquí de todos modos?"

"Sé que intentarás llegar a Robert y decirle mi plan", gruñó Ricky. "Podré usarlos a ti y a las chicas como cebo para llegar a Robert. Sé que las chicas vienen a salvarte. He dejado un mapa para que lo sigan y así nos encontrarán aquí."

David miró a Robert con horror, "Ese tonto, Robert, aún no sabe mi verdadero plan, pero pronto lo descubrirá", dijo Ricky para sí mismo con una sonrisa malvada.

Mientras tanto, en el desierto, "Hace tanto calor", dijo Dana cansada. "¿Puedo tener agua?"

"Está bien, pero no bebas demasiado", respondió Rachel tan cansada como Dana. "Dale algo a los caballos también; ellos también están cansados. Hombre, tenemos que salir de este sol."

"De acuerdo", respondió Dana.

"¿Qué tan lejos crees que está este desierto, Rachel?" preguntó Dana dándonos agua. "No creo que los caballos

"no puedo decir lo mismo de nosotros", continuó Dana, todavía tratando de limpiar la arena de su cabello. "Parece que Angel y Ghost están bien, pero nosotros estamos un poco desorientados ahora."

"Vamos a revisar el mapa otra vez, una vez que la tormenta haya bajado completamente", sugirió Rachel, sacudiéndose la arena de los brazos y la ropa.

Después de que la tormenta de arena disminuyó, Dana sacó cuidadosamente el mapa, ahora un poco deteriorado por el viento y la arena. Trataron de orientarse de nuevo, buscando puntos de referencia que pudieran reconocer en el desolado paisaje.

"Creo que si seguimos esta dirección, podríamos volver al camino que teníamos planeado", dijo Rachel, señalando una línea apenas visible en el mapa.

"Espero que estés en lo correcto porque no quiero pasar otra noche en este desierto", respondió Dana, aún preocupada pero agradecida de tener a Rachel a su lado.

Con renovada determinación, Dana y Rachel subieron a nuestras espaldas una vez más, y continuamos nuestro viaje, esperando encontrar el camino correcto y finalmente alcanzar a Ricky y salvar a

David. A pesar de los contratiempos y los desafíos, su espíritu de aventura y su resiliencia no flaqueaban.

Mientras estábamos en el largo viaje para encontrar a Ricky y David; de vuelta en el rancho, Robert estaba preocupado por Dana y Rachel.

"He estado buscando por todas partes a Dana y Rachel", dijo Robert enojado. "¿Alguien ha encontrado esos caballos blancos?"

"Señor, encontramos una nota", dijo uno de los hombres de Robert. "Gracias; ahora vuelvan a buscar los caballos blancos con los demás. Ahora, ¿qué escribió Dana?" Robert se preguntó a sí mismo:

"Querido padre, Rachel y yo tomamos los caballos blancos para liberarlos. No me importa si estás enojado porque esto me hace feliz. Tienes que dejar de capturar caballos salvajes para domarlos. Espero que todavía me quieras, pero tengo que hacer esto. Siempre dijiste que lo que deberías hacer es seguir tu corazón, y eso es justo lo que estoy haciendo. Voy a seguir mi corazón. Te quiero y trataré de volver a casa tan pronto como pueda."

Con amor,
Dana

"¿Por qué no me dijo cómo se sentía?" Robert se preguntaba. "Hombres, tenemos que encontrar a Dana y a Rachel. Solo espero que estén bien."

Dana, Rachel, Shadow y yo caminábamos por el desierto, esperando salir de él pronto. Encontramos el camino de vuelta después de que la tormenta de arena se disipó.

"¿Cuánto falta para salir de este desierto?" preguntó Dana con enojo. "Estoy tan cansada de este calor, y sé que tú también."

"Cálmate, Dana", respondió Rachel hasta que oímos un sonido que fue: AROO-OO-OO.

"¿Qué fue eso?" preguntó Rachel con voz asustada. "Creo que fue un coyote", respondió Dana nerviosamente. "Creo que también puedo verlo."

El coyote estaba en la cima de un alto saliente rocoso, y comenzó a saltar de saliente en saliente acercándose a nosotros. Cuando el coyote llegó al suelo, Dana dijo con calma, "Parece hambriento. Quizás si le doy algo de comida se irá."

"No, Dana, no le vas a dar nada de nuestra comida", respondió Rachel con voz firme. "Si le das comida a este coyote, nos seguirá como un perro común, y eso no lo quiero."

"Puede que se convierta en nuestro amigo", dijo Dana tratando de convencer a Rachel. "Blackie podría ayudarnos a encontrar a Ricky y a David."

"Ah, ¿así que ahora lo llamas 'Blackie'?" preguntó Rachel. "¿Es por su pelaje negro, o quieres que un animal salvaje nos siga?"

"Vamos, podría ser divertido ayudar a un coyote", dijo Dana todavía intentando convencer a Rachel. "Blackie podría ayudarnos olfateando."

"Está bien", respondió Rachel con molestia. "Solo ten cuidado con cuánto le das de comer."

"Estoy bien, Rachel", dijo Dana ansiosamente mientras se acercaba al coyote. "Ven aquí, chico, ven aquí Blackie."

El coyote negro miró a Dana cuando ella lo llamó por su nombre, pero todavía gruñía hacia ella. Cuando "Blackie" vio la comida que Dana iba a darle, dejó de gruñir.

"Blackie dejó de gruñir", dijo Rachel para sus adentros asombrada. "¿Cuándo empecé a llamar al coyote, Blackie? Ugh, Dana tenía razón. Tenía hambre y creo que ahora está feliz."

"Ya ves, te lo dije", dijo Dana restregándolo mientras se acercaba más al coyote. "Aquí Blackie, ven aquí chico."

El coyote negro comenzó a acercarse a Dana, y luego tomó la comida de su mano. Blackie dejó que Dana lo acariciara.

"Guau", dijo Dana sorprendida, acariciando al coyote. "Hola Blackie."

El coyote negro miró a Dana cuando terminó de comer y comenzó a lamerle la cara. Dana se enamoró de él al instante.

"Blackie, conoce a tus nuevos amigos", dijo Dana extendiendo una mano mostrando a Blackie quiénes eran sus nuevos amigos. "Esa es Rachel con la ropa negra, y los dos caballos blancos son Ángel y Fantasma."

Después de hacerse amigos de Blackie, continuamos caminando por el desierto, pero todavía hacía mucho calor. "¿Qué hay después del desierto, Rachel?" preguntó Dana, cansada. "Espero que sea más fresco que este sol."

"Creo que el mapa muestra una selva tropical", respondió Rachel. "Creo que podríamos estar ahí."

Todos miramos asombrados hasta que Dana, Rachel y Blackie comenzaron a correr hacia ella. Luego, Shadow y yo comenzamos a correr hacia el bosque sombreado.

"Por fin algo de sombra, pero es muy extraño que una selva tropical esté conectada a un desierto", dijo Dana confundida. "No me quejo, pero espero que encontremos a David y Ricky pronto."

"Bueno, primero, descansemos", dijo Rachel. "Estoy cansada y no puedo mover las piernas. Además, no podemos encontrar a David y salvarlo si estamos cansados."

"Tienes razón, Rachel", respondió Dana. "¿Qué te parece, Blackie?"

Cuando Dana miró a Blackie, él ya estaba dormido bajo la sombra de los árboles, lo que lo hacía mezclarse con el entorno. Blackie a veces roncaba cuando dormía, y cada vez que roncaba, Dana y Rachel se reían entre dientes. Intentaban reír en voz baja, pero era difícil no reírse de él.

Después de que Dana y Rachel dejaran de reírse de Blackie, todos tomamos su idea y descansamos tanto como pudimos.

Después de un par de horas, Blackie finalmente se despertó y vio a Dana también despierta, mirando hacia la profundidad del bosque. Yo estaba despierto, pero no quería...no quería molestar a Dana y a Blackie, ya que estaban muy cerca el uno del otro.

Blackie se acercó a Dana y se sentó junto a ella mirando al bosque, igual que ella, pero estaba preocupado por ella y seguía mirándola. Finalmente, Dana se dio cuenta de que Blackie estaba a su lado y le dijo: "Oh, buenas tardes dormilón. ¿Dormiste bien?" Blackie asintió, pero Dana sabía que él estaba preocupado por ella.

"No te preocupes, Blackie", le dijo Dana mirándolo y acariciándolo. "Estoy bien; simplemente no podía volver a dormir. ¿Sabías que roncas cuando duermes?"

Blackie miró hacia otro lado como si estuviera avergonzado y Dana se rió, pero volvió a mirar hacia el bosque.

"Estoy despierta porque estaba confundida", le dijo Dana a Blackie mirando hacia el bosque. "Estaba confundida sobre cuánto se parecía ese desierto a un libro que una vez leí. Por eso no podía volver a dormir."

Después de sentarse un rato en silencio, Dana se levantó. "Deberíamos empezar a movernos, ha pasado un rato y necesitamos salvar a David." Dana y Blackie nos despertaron a todos y continuamos a través del bosque.

CAPÍTULO 5

"Amo la naturaleza, simplemente me siento en casa", dijo Dana riendo. "También me encanta ver todos los animales salvajes que viven aquí y estar con amigos también".

"¿Por qué te ríes?" preguntó Rachel como si estuviera molesta.

"Simplemente me siento feliz por alguna razón", respondió Dana continuando con su risa. "¿Por qué? ¿Quieres que pare?"

"No, solo me lo preguntaba", respondió Rachel. "¿Quieres adivinar qué tan profunda es esta selva tropical?"

"No, pero creo que nos va a llevar tanto tiempo atravesarla como nos llevó en el desierto", respondió Dana. "Apuesto a que el océano va a ser igual de largo también, y me pregunto si habrá trampas. Me pregunto si va a pasar algo mientras estamos aquí como la tormenta de arena en el desierto."

"Quizás, y creo que tienes razón", dijo Rachel pensativa.

"¿Correcta sobre qué, Rachel?" preguntó Dana confundida. "No entiendo."

"Correcta sobre Ricky", respondió Rachel. "Creo que él tendrá trampas para nosotros y tal vez él también envió a Blackie."

"Bueno, si lo hizo, ese plan fracasó", dijo Dana acariciando a Blackie. "¿No es así, chico?"

Blackie asintió y dejó que Dana lo acariciara, pero Rachel estaba preocupada. Sabía que Dana también se sentía preocupada. Todos estábamos inquietos por toda la situación.

Mientras estábamos en la selva tropical, Ricky estaba furioso: "¿Cómo pudieron haber sobrevivido?" gritó Ricky enojado mientras destrozaba el equipo. "Pasé mucho tiempo trabajando en la ruta perfecta para que la siguieran y quedaran atrapados en esa tormenta de arena. Incluso envié a ese estúpido coyote."

"Tal vez deberías rendirte", dijo David aún encerrado en la celda. "No puedes ganar, y las chicas te detendrán. Estoy seguro de eso."

"Bueno, vamos a ver qué tan buenas son con las otras trampas que les preparé", dijo Ricky con una sonrisa en su rostro. "No podrán continuar este viaje mucho más tiempo."

David aún estaba preocupado de que Ricky pudiera tener razón, pero de alguna manera sabía que las chicas lo superarían.

De vuelta en el rancho:

Todos estaban preparando sus caballos para encontrarnos. "¿Por dónde empezamos a buscar primero, señor?" preguntó uno de los hombres de Robert.

"Creo que sé", respondió Robert para sí mismo. "Creo que es por el arroyo al que Dana y yo solíamos ir". "¿Disculpe, señor?" preguntó otro de los hombres de Robert, confundido.

"En el arroyo", gritó Robert. "Todos síganme."

Todos empezaron a seguir a Robert en sus caballos esperando encontrarnos.

En el bosque, habían pasado varias horas de solo caminar entre los árboles:

Dana y Rachel caminaban con nosotros y Blackie en lugar de montarnos.

"Está oscureciendo", dijo Rachel. "Creo que deberíamos hacer campamento por la noche."

"Yo también lo creo", Dana estuvo de acuerdo con Rachel.

"Está tan oscuro que no puedo ver a Blackie. Espera, ¿dónde está Blackie?" Dana se asustó tanto que comenzó a llamar a Blackie, pero no sabía que él estaba a su lado todo el tiempo.

"Espera, ¿qué hay a mi lado?" Dana preguntó acariciando a Blackie, sin saber. "Oh, eres tú Blackie. Trata de no asustarme la próxima vez. Pensé que te había perdido."

A la mañana siguiente, comenzamos a caminar por la selva tropical mientras Dana y Rachel nos montaban con Blackie siguiendo de cerca.

"¿Qué trucos crees que Ricky tiene para nosotros, Rachel?" preguntó Dana. "¿Por qué quiere hacer esto?" "No sé, Dana", respondió Rachel. "Sé que es algo malo."

"Acabo de darme cuenta", dijo Dana con una cara preocupada. "Me pregunto si mi padre sabe que nos hemos ido." "Tal vez encontró tu carta", agregó Rachel.

"Puede que venga a buscarnos."

"Espero que no", dijo Dana con cara preocupada. "No quiero que mi padre tenga que pasar por lo que nosotros pasamos. Podría lastimarse."

"Estoy segura de que tu padre está bien, Dana", respondió Rachel tratando de calmarla. "Él es muy fuerte, y sabes que nada lo detendrá para alcanzar su objetivo."

"Tienes razón", dijo Dana calmándose. "¿Y si Ricky lo encuentra e intenta hacer algo peor?"

"¡Dana cálmate!" ordenó Rachel. "Tu padre está bien, y Ricky no se atrevería a lastimarlo."

"Cuando encuentre a Ricky", dijo Dana con cara de enojo. "Él va a lamentarlo incluso si no lastimó a mi padre. Se llevó a David y eso es suficiente para mí. También intentó atraparnos, así que estoy realmente enojada ahora."

"Pero hay algo que quiero saber, ¿por qué Ricky está haciendo esto?" preguntó Dana con cara de enojo. "Quiero decir, ¿tiene algo en contra de mí? ¿Odia a mi padre por alguna razón? ¿Qué?"

"Si me preguntas, creo que odia a ambos, a ti y a tu padre", respondió Rachel.

"¿Por qué crees eso, Rachel?" preguntó Dana confundida.

"Bueno, piensa en Ricky por un segundo", respondió Rachel. "Podría odiarte por ser rica o por tener tu propia tierra. Ha estado celoso de tu familia por un tiempo, me he dado cuenta."

"Ya sabes, Rachel", dijo Dana. "Creo que tienes razón. Yo también lo he visto, y él ha estado actuando extraño."

"Durante un par de meses ahora. Pero mi padre no ha notado nada porque ha estado muy ocupado."

"¿Qué tal si dejamos de pensar en Ricky por un rato?", sugirió Rachel. "Demos un descanso a los caballos; entonces, ¿qué tal si caminamos con ellos y hacemos algo de ejercicio?" Las chicas se bajaron de nosotros y empezaron a caminar con nosotros.

A Blackie le gustaba que Dana caminara con él. Después de caminar muchas millas, Dana dijo, "Rachel, hemos estado caminando por horas. ¿Cuán cerca estamos de llegar al final de esta selva tropical, o cerca del océano?" "No lo sé", respondió Rachel. "Podríamos

haber tomado un giro equivocado, o algo así."

"O, tal vez estamos perdidas", dijo Dana haciendo un punto. "Como dijiste, podríamos haber tomado un giro equivocado en algún lugar, o estamos yendo en la dirección correcta ya que todos los árboles se ven iguales."

"Solo espero que esto no tarde mucho", agregó Rachel. Ambas chicas dejaron de caminar y se quedaron mirando algo que brillaba, pero nadie sabía qué era.

Primero, Shadow y yo vimos pequeñas alas aleteando, y luego comenzamos a ver que era un pequeño Pegaso blanco. Tenía alas azules, y una melena y cola negras. "Wow", dijeron Dana y Rachel al mismo tiempo.

"Es un mini Pegaso."

El Pegaso, cuyo nombre era Whisper, vino hacia Shadow y hacia mí. Hablamos con ella por un rato, pero Dana y Rachel parecían confundidas. Las chicas parecían no poder creer lo que estaban viendo.

"¿Qué crees que están hablando Ángel, Ghost y el Pegaso?" preguntó Dana inclinándose hacia Rachel.

"Quizás están hablando sobre ser amigos, o sobre nuestro viaje", respondió Rachel.

Cuando Shadow, Whisper y yo terminamos de hablar entre nosotros, fuimos hacia Dana, Rachel y Blackie para presentarles a Whisper.

"Hola", dijo Dana sosteniendo a Whisper en su mano. "Ella se ve hermosa", dijo Rachel mirándola.

"Mi nombre es Whisper; es un placer conocerlas."

Las chicas se sorprendieron cuando Whisper pudo hablarles.

"¿Cómo puedes hablar?" preguntó Dana. "Pensé que los Pegasos eran más altos de lo que tú eres."

"De alguna manera, me lanzaron un hechizo que me mantiene pequeña", respondió Whisper. "Por alguna razón puedo hablar, pero creo que es por el hechizo. Los caballos blancos en los que están montando se llaman Crystal y Shadow. Creí que deberían saberlo."

CAPÍTULO 6

"Entonces, ¿el caballo blanco en el que estoy montando se llama Crystal?" preguntó Dana. "El caballo en el que está montando Rachel se llama Shadow." "Todavía pienso que Ghost y Angel eran buenos nombres", dijo Rachel. "¿Podemos seguir llamándolos así o deberíamos llamarlos por sus nombres reales?" "¿Por qué no les preguntas ustedes mismas?" dijo Whisper mientras volaba hacia Shadow y hacia mí. Luego, nos echó polvo. Estornudé y temblé sintiendo un hormigueo en todo mi cuerpo. Shadow hizo lo mismo.

"¿Por qué nos echaste ese polvo, Whisper?" pregunté. "Me siento realmente diferente ahora."

Las chicas dieron un respingo y me miraron como si me entendieran. Luego, dijeron al mismo tiempo, "¡Puedes hablar!"

"¿Ella puede?" preguntó Shadow confundido. "¿Cómo puede hablar?"

"Tú también puedes hablar, Ghost", dijo Rachel asombrada. "Quiero decir, Shadow."

"Espera, estoy confundida", dijo Dana sosteniendo su cabeza. "¿Qué les hiciste, Whisper?"

"Aunque tengo un hechizo sobre mí", dijo Whisper. "Todavía soy un Pegaso, y los Pegasos tienen poderes.

"Entonces les di a Crystal y a Shadow el poder de hablar con ustedes, chicas."

"Gracias", dijeron Shadow y yo al mismo tiempo, como Dana y Rachel.

"Ustedes chicas pueden llamarnos como quieran", dijo Shadow mirándolas.

"Creo que usaremos sus nombres reales", dijo Dana. "Querría que alguien me llamara por mi nombre real."

"Estoy de acuerdo", dijo Rachel asintiendo con la cabeza. "¿Y Blackie? ¿Puedes hacer lo mismo con él, Whisper?" preguntó Dana emocionada.

"¿Te refieres al coyote negro?" preguntó Whisper, confundida. "También puedo darle el poder de hablar."

Whisper se acercó a Blackie y le echó polvo encima como lo hizo con Shadow y conmigo. Blackie no se movió ni hizo nada hasta que Whisper dejó de echarle polvo. Se sacudió el polvo extra y se sentó de nuevo. "Gracias, Whisper", dijo Blackie con voz profunda. "Hola, Dana, Rachel, Crystal y Shadow; es bueno hablar con ustedes. Por cierto, mi nombre es Jack."

"Gracias, Whisper", dijo Dana. "Hay una pregunta más que me gustaría hacerte. Quisiera preguntarte si puedes ayudarnos a encontrar a nuestro amigo, David. Fue secuestrado por un hombre que solía ser el ayudante de mi padre en su rancho, llamado Ricky."

"Me encantaría ayudar", respondió Whisper. "¿A dónde tenemos que ir?"

"Seguimos este mapa", respondió Rachel. "Esta casa es donde están David y Ricky."

"Estupendo", dijo Dana con entusiasmo. "Ahora tenemos a Whisper para ayudarnos y ella puede volar. Podemos saber qué tan lejos estamos del océano."

"Me alegra ayudar", dijo Whisper. "El océano no está lejos de donde estamos."

"No está, ¡eso es genial!" gritó Dana alegremente. "Lo que quiero decir es, esta es una gran selva tropical", respondió Whisper. "He estado aquí durante muchos años y sé dónde está el océano. Deberíamos llegar allí mañana." "Ahora, creo que deberíamos empezar a caminar para poder llegar al océano más rápido", dijo Dana.

"Whisper nos puede mostrar el camino", continuó Rachel. "Solo espero que no sea demasiado tarde."

"Bueno, simplemente empecemos a ir", sugirió Jack. "Podemos cubrir más terreno y llegar al océano más rápido."

"Ok, perro inteligente", dijo Rachel bromeando. "Vamos."

"Muy graciosa, Rachel", dijo Jack mientras Dana se reía. "Lo digo en serio. Tenemos que apurarnos, para poder salvar a David."

"Jack tiene razón, Rachel", dijo Dana calmándose. "Tenemos que darnos prisa. No sabemos qué le hará Ricky."

"Está bien, está bien, ¿podríais ambos calmarse?" preguntó Rachel un poco enojada. "Ahora Whisper, ¿puedes mostrarnos el camino ya que el señor y la señora Impacientes no pueden esperar más?"

"Oye", dijeron Dana y Jack al mismo tiempo. "No somos impacientes."

"Lo sé, solo estoy bromeando con ustedes dos", dijo Rachel riéndose. "Así que, vamos."

"Muy graciosa, Rachel", dijo Dana.

Todos empezamos a caminar y seguir a Whisper, pero Shadow y yo todavía estábamos preocupados por lo que podría suceder más adelante. Caminamos hasta el anochecer, y todos estábamos cansados después de horas de caminar.

"Deberíamos detenernos por la noche", dijo Dana. "Necesitamos toda nuestra energía para terminar de atravesar la selva tropical y llegar al océano."

"Dana tiene razón", estuvo de acuerdo Rachel. "Todos deberíamos descansar esta noche."

"Llegaremos al océano mañana", dijo Whisper. "No está muy lejos ahora, y podemos ir por la mañana."

Durante la noche, Shadow, Jack, Whisper y yo escuchamos algo en los arbustos, pero no sabíamos qué era.

"Dana, Rachel, levántense", susurré. "Algo nos está observando."

"¿Qué, qué pasa?" preguntó Dana tratando de abrir los ojos.

Rachel intentó hacer lo mismo a su lado. "¿Qué es ese ruido?" preguntó Rachel. "Suena como un perro o algo en los arbustos."

"No creo que eso sea un perro en los arbustos", dije. "Creo que es un lobo."

De repente, tres lobos saltaron de los arbustos, rodeándonos y gruñendo. Jack se acercó al lobo que era el Alfa. Eso significa que es el lobo líder al que los otros lobos escuchan. Jack intentó hablar con él. Todos nosotros observamos. Jack habló con el Alfa en lenguaje de lobos, pero no parecía que el Alfa quisiera hablar con Jack.

"¿Qué está diciendo el lobo?" preguntó Dana a Jack. "¿Qué le estás diciendo?"

"Él dijo que quiere comernos porque estamos en su territorio", respondió Jack. "Estoy tratando de decirle que no puede."

Jack habló de nuevo con los lobos, pero ellos no quisieron escuchar más. Entonces, el Alfa mordió a Jack en la espalda, lo levantó y lo arrojó a un lado. Jack chilló de dolor cuando el Alfa hizo eso.

"Jack", gritó Dana preocupada.

Nos alejamos mientras el Alfa caminaba hacia nosotros lentamente, hasta que Jack saltó frente a nosotros y comenzó a gruñir a los lobos. Dos de los lobos se fueron detrás de nosotros, pero Jack iba a luchar con el lobo Alfa.

Jack tomó la primera acción saltando sobre el Alfa, iniciando la pelea. Nosotros teníamos que ocuparnos de los otros dos lobos. Uno de los dos lobos saltó hacia mí, pero pateé al lobo en el aire. Luego, el otro lobo fue hacia Shadow, pero Shadow hizo lo mismo que yo.

Ambos lobos intentaron repetir lo mismo que hicieron después de caer al suelo, pero Shadow y yo hicimos lo mismo que antes, impidiéndoles atacar a las chicas.

Justo entonces, Whisper fue hacia los dos lobos y les golpeó los ojos con su polvo. Los lobos cerraron los ojos, sacudieron la cabeza e intentaron frotarse con sus patas. Luego, Shadow y yo trotamos se acercaron a ellos y los empujaron. Ambos lobos huyeron aullando.

Jack y el Alfa seguían peleando. Jack mordió la pierna del Alfa y el Alfa aulló. Luego, el Alfa agarró la cola de Jack y él aulló. Después, el Alfa lanzó a Jack hacia los arbustos y no pudimos ver a Jack.

Shadow y yo ya habíamos tenido suficiente de la pelea, así que empujamos al Alfa cuando no estaba mirando. Luego, el Alfa saltó, pero Shadow lo pateó y cuando el Alfa cayó al suelo, huyó. Shadow lo persiguió un poco hasta que lo perdió de vista. Luego, Shadow regresó a donde estábamos.

"Jack", gritó Dana corriendo hacia donde él estaba acostado. "Jack, Jack; ¿estás bien?"

"Estoy bien, Dana", dijo Jack mirándola e intentando levantarse. "Solo que... ay, eso duele."

"Deberías quedarte ahí", le dijo Dana. "Tienes demasiadas heridas. Rachel, ¿todavía tienes ese botiquín de primeros auxilios?" "Aquí está", respondió Rachel entregándoselo a Dana.

"Solo no uses todo."

"No lo haré", respondió Dana. "Gracias. Ahora, déjame ver tus heridas, pero primero necesito lavar esa sangre de ti. Luego puedo intentar vendarte."

Shadow y yo tomamos algunos cubos para conseguir agua de un manantial que Whisper nos mostró. Sosteniendo los cubos en nuestras bocas para llenarlos en el arroyo y luego regresamos donde estaban los demás. Dana vertió algo de agua sobre Jack donde tenía las heridas para quitar el exceso de sangre de su pelaje.

"Eso pica," dijo Jack con un siseo de dolor. "¿Puedes hacerlo más despacio?"

"Lo siento, pero picará por un rato," respondió Dana. "Ahora, déjame vendarte y sanarás en poco tiempo."

"Gracias, Dana," dijo Jack. "Ahora, deberíamos empezar a movernos para llegar al océano."

"No, no lo haremos," dijo Dana con tono de madre preocupada por su hijo. "Vamos a descansar hasta que salga el sol. Hasta entonces, vas a quedarte ahí el resto de la noche para que puedas recuperar tu energía."

"Está bien," Jack aceptó, apoyando su cabeza en el regazo de Dana.

CAPÍTULO 7

La mañana siguiente comenzamos a caminar hacia el océano mientras Whisper nos guiaba. Después de unas horas, comenzamos a oler el agua salada del océano.

"Aquí estamos", dijo Whisper. "Estamos justo en el océano."

"Wow", dijeron Dana y Rachel al mismo tiempo. "Sí, es hermoso", coincidió Jack caminando lentamente.

"Sin embargo, no tenemos mucho tiempo. Tenemos que encontrar algo que nos lleve a través del océano."

"Jack tiene razón", dijo Shadow hasta que vio algo. "¿Qué es eso?"

"No lo sé", respondí mirándolo, y luego todos miraron en la misma dirección.

"Parece un barco de pasajeros que ha estado abandonado por un tiempo", respondió Dana sorprendida.

"Tienes razón, Dana", estuvo de acuerdo Rachel. "Es un barco de pasajeros, pero me pregunto por qué está aquí."

"Yo también", respondió Dana. "Lo que me pregunto es si todavía funciona."

"Jack tiene razón", dijo Dana. "Si funciona, podríamos usarlo para cruzar el océano hacia donde están David y Ricky."

"Bueno, ¿a qué estamos esperando?", dijo Dana. "Veamos si funciona para poder alejarnos de esta selva tropical."

"Entonces, vamos", estuvo de acuerdo Rachel. "También quiero alejarme de esta selva tropical."

Comenzamos a caminar hacia el barco de pasajeros, pero no sabíamos que había personas en él, y que trabajaban para Ricky.

"¿Cómo entramos?" pregunté. "Shadow, Jack y yo no podemos trepar."

"No lo sé", respondió Dana. "Encontraremos una manera de entrar."

"Eso podría no ser un problema", dijo Rachel. "Hay una entrada por la parte trasera."

"¿Qué conveniente?", dijo Dana. "Pensé que estaría cerrado con llave."

"Debería estarlo", estuvo de acuerdo Rachel mirando confundida. "Supongo que algo pasó."

Dana lucía tan confundida como Rachel mientras se tocaba la boca. "O, tal vez alguien todavía lo está operando."

"Tal vez", dijo Rachel. "Simplemente no sé qué más podríamos usar aquí que nos lleve a través del océano."

"Lo usaremos", respondió Rachel.

Luego Dana preguntó en voz alta, "¿Qué?"

Luego Rachel dijo, "Cálmate, Dana. Lo usaremos solo si nadie más lo está usando. Si hay personas en él, entonces, veremos si pueden ayudarnos."

"Hagámoslo", dijo Jack. "Será la única manera de cruzar el océano, con o sin alguien usándolo."

"Está bien, entonces hagámoslo", dijo Dana. "Por si acaso, seamos cuidadosos."

Todos comenzamos a caminar hacia el barco de pasajeros y empezamos a buscar gente. No encontramos a nadie hasta que subimos a la parte superior del barco, que se llama la cubierta. No vimos a nadie en la cubierta, así que comenzamos a pensar que nadie lo estaba usando.

Hasta que llegamos al lugar donde el capitán dirige el barco. Había muchas personas allí, y pensamos que toda la tripulación estaba allí, parecía una reunión.

Todos estaban en sillas hablando hasta que Dana y Rachel entraron en la sala del capitán. Shadow, Jack, Whisper y yo no estábamos allí porque Shadow y yo no cabíamos. Jack y Whisper se quedaron atrás porque Dana y Rachel no querían asustar a nadie.

"Oh, lo siento", dijo Dana mientras todos la miraban a ella y a Rachel. "No pensábamos que había alguien aquí."

"Oh, hola chicas", dijo el capitán. "¿Por qué están aquí?"

"Bueno, no tenemos mucho tiempo", respondió Rachel. "Estamos tratando de encontrar a un amigo que podría estar en problemas, y necesitamos cruzar este océano para salvarlo. ¿Pueden ayudarnos, por favor?"

"Me encantaría ayudar a ustedes dos chicas", respondió el capitán. "Solo necesito una ubicación de a dónde vamos." El capitán llevaba un traje de marinero oscuro, era grande y tenía un bigote frondoso.

"Estamos siguiendo este mapa", dijo Dana poniendo el mapa sobre la mesa. "¿Ves este edificio aquí? Esa es nuestra ubicación."

"Entiendo, y si ustedes chicas tienen prisa, comenzaremos a partir de inmediato", dijo el capitán. "Me gustaría quedarme con este mapa para poder usarlo, si no les importa." "No nos importa, puedes usarlo", respondió Rachel. "Si no les importa, ¿podemos tener algunos amigos que nos están ayudando a venir también?"

"Pueden", dijo el capitán. "Vamos a comenzar a partir."

Dana y Rachel dijeron al mismo tiempo, "Gracias, capitán."

Comenzamos a cruzar el océano. Pensamos que sería seguro hasta que pudiéramos llegar a David y enfrentar a Ricky.

"Espero que lleguemos a David a tiempo", dijo Dana. "Estoy preocupada por él."

"Yo también, Dana", estuvo de acuerdo Rachel. "Estoy segura de que David está bien."

"Voy a ver al capitán", dijo Dana. "Solo para preguntarle cuánto tardaremos en llegar a ese edificio en el mapa."

"¿Qué?" preguntó Rachel. "Acabamos de salir."

"Lo sé", respondió Dana. "Solo quiero ver."

"¿Ver qué, Dana?" preguntó Jack acercándose a ella. "Oh, hola Jack", dijo Dana sorprendida. "¿Cómo estás ahora, después de la pelea?"

"Olvida eso", respondió Jack. "Estoy bien, pero gracias. ¿Y tú cómo estás?"

"Estoy bien, pero estaba más preocupada por ti", respondió Dana. "De todos modos, solo quiero ver cuánto tardaremos en llegar a donde están David y Ricky."

"Entiendo, pero acabas de ver al Capitán", dijo Jack confundido. "Sabes que tomará un tiempo hasta que crucemos el océano. ¿Por qué no puedes preguntarle más tarde?"

"Solo quiero ver", continuó Lynn. "Eso es todo." "¿Ver qué, Dana?" preguntó Whisper, mientras Shadow y yo nos acercábamos a ella.

"Aaaaggghhhh", hizo un ruido Dana de manera molesta. "¿Podrían decirles ustedes dos por mí, por favor?"

Dana comenzó a caminar hacia nosotros. Shadow se movió a un lado y Whisper y yo al otro para que Dana pudiera pasar entre nosotros. La observamos por unos segundos hasta que todos nos volvimos y miramos a Rachel y Jack.

Luego pregunté, "¿Nos perdimos de algo?" Luego nos volvimos otra vez y vimos a Dana regresar a la sala del Capitán.

"Creo que está nerviosa", dijo Rachel frunciendo el ceño. "También creo que Dana siente que todo este lío es su culpa."

"No es su culpa, sin embargo", dije confundido. "Es culpa de Ricky. ¿Por qué sentiría que es su culpa?"

"Creo que porque no le dijo a su padre lo que la estaba poniendo nerviosa en primer lugar", respondió Rachel. "Ambos sabíamos que algo andaba mal con Ricky, pero nunca le dijimos a nadie nuestras preocupaciones porque de todos modos nadie nos escucharía. Todos nos llaman niños y todos los adultos piensan que saben lo que es mejor."

"Aun así, no es culpa tuya o de Dana", dijo Jack tratando de consolar a Rachel. "Nadie podría saber que algo de esto sucedería. Estamos haciendo lo mejor que podemos con lo que tenemos."

"De esto no debería suceder. Dana no debería culparse a sí misma, y tú tampoco deberías hacerlo."

Rachel dio una pequeña sonrisa y acarició a Jack diciendo, "Gracias."

Dana subió las escaleras, fue a la puerta donde el capitán estaba dirigiendo el barco y tocó la puerta.

"Pasa", gritó el capitán.

"Hola, Capitán", dijo Dana después de entrar en la sala y cerrar la puerta detrás de ella. "¿Puedo hacer una pregunta?"

"Claro", respondió el capitán. "¿Cuál es tu pregunta?"

"Solo me preguntaba cuánto tiempo tardaremos en llegar a nuestro destino", preguntó Dana. "Oh, acabo de recordar. Nunca nos presentamos cuando nos conocimos por primera vez."

"Es cierto, ¿no?", preguntó el capitán. "Soy el Capitán Bert, y debería tomar al menos dos o tres días llegar a donde nos dirigimos. Ahora, ¿cómo te llamas?"

"Oh, lo siento. Mi nombre es Dana y el nombre de mi amiga es Rachel", respondió Dana. "Gracias, Capitán Bert."

"Espera, ¿tú y el nombre de tu amiga son Dana y Rachel?" preguntó el Capitán Bert a Dana mirándola con seriedad.

"Sí", respondió Dana confundida. "¿Por qué, Capitán Bert?"

"Entonces están en problemas", respondió el Capitán Bert con una sonrisa. "Porque todos en este barco, excepto tú y tus amigos, trabajan para Ricky."

CAPÍTULO 8

Dana jadeó y comenzó a correr para poder advertir a los demás. Luego, el Capitán Bert corrió tras ella para agarrarla, pero Dana fue demasiado rápida y él falló. Dana logró salir por la puerta y el Capitán Bert presionó un botón que activó un sistema de alarma. La alarma se escuchó por todo el barco de pasajeros, pero Rachel, Shadow, Whisper, Jack y yo no sabíamos qué era. "Chicos", gritó Dana mirándonos asustada. "Dana, ¿qué pasa?" preguntó Rachel mientras Dana corría hacia nosotros. "¿Por qué te ves tan asustada y para qué es esa alarma?"

"El sistema de alarma es por nosotros", respondió Dana.

Todos preguntamos al mismo tiempo, "¿Qué?"

Dana continuó diciendo, "Todos los trabajadores en este barco trabajan para Ricky."

Todos jadeamos.

De repente, todos excepto el Capitán Bert en el barco nos rodearon con espadas.

"Ya he tenido suficiente", gritó Rachel enojada. "No me importa cuántas personas estén aquí. Quiero terminar lo que empezamos y nadie va a detenerme."

"Vaya, nunca supe que Rachel tenía eso en ella", dijo Dana impresionada. "Solo recuérdame nunca ponerme de su mal lado."

"Entonces, ¿cuál es tu plan?" preguntó Jack. "¿Cómo podemos salir de esta situación?"

"No lo sé", respondió Rachel.

"Lo que creo que deberíamos hacer es luchar hasta ganar", dijo Dana.

"Siempre te ha gustado pelear con alguien", dijo Rachel. "Siempre ha sido así desde que viste tu primera película de acción."

"No puedo evitarlo", dijo Dana. "Me gusta la acción." "Shadow, Whisper y yo nos ocuparemos de los trabajadores en el lado del barco", dije. "Dana, Rachel y Jack, ustedes tomen a los que están al frente del barco."

"Hagámoslo", dijeron Rachel y Dana al mismo tiempo.

Comenzamos la pelea cuando Shadow pateó a uno de los trabajadores en la cara y él cayó del barco. Whisper ayudó quitando algunas de las espadas que tenían los trabajadores con su magia, haciéndolas volar por el aire. Shadow y yo pudimos hacer el resto. Jack estaba protegiendo a Dana y Rachel porque ellas no tenían nada con qué protegerse.

"Rachel, allá arriba, la escalera plateada", dijo Dana mirando una escalera en el otro lado del barco. "Podemos subir allí y estar seguras."

"Tienes razón", estuvo de acuerdo Rachel con Dana. "Tenemos que apurarnos para que Jack pueda ocuparse de ellos él mismo." Dana y Rachel subieron por la escalera que estaba clavada al lado del barco. Algunos de los trabajadores

"Rachel, tengo una idea", dijo Dana. "Tú ve a ese lado de la escalera y yo iré a este lado."

"Ok", dijo Rachel. "¿Y ahora qué hacemos?" "¡Empuja!" gritó Dana mientras comenzaban a empujar la escalera con todas sus fuerzas.

Entonces, los clavos que estaban oxidados con el tiempo en la escalera comenzaron a salirse y la escalera empezó a inclinarse mientras algunos de los trabajadores todavía estaban en ella. Dana y Rachel siguieron empujando tan fuerte como pudieron y cuando la escalera estuvo lo suficientemente débil, empujaron más fuerte para hacer caer la escalera. Nadie resultó herido, pero algunos de los trabajadores cayeron por el lado del barco.

"Sí", gritaron Dana y Rachel al mismo tiempo y se chocaron las manos con sonrisas en sus rostros. Miraron hacia abajo para ver qué estaba pasando en la parte inferior con Jack, pero no sabían que uno de los trabajadores estaba detrás de ellas.

El trabajador empujó a Dana por el borde sobre el océano, pero Rachel la atrapó y cuando Dana gritó, Jack la oyó. Miró y vio lo que estaba sucediendo, así que saltó sobre una caja y comenzó a saltar sobre pequeñas repisas que podía alcanzar para llegar donde estaban Dana y Rachel. El trabajador miró a Rachel y la empujó por el borde, pero Dana todavía sostenía la mano de Rachel. Rachel agarró la

Rachel agarró el borde con una mano y gritó; todavía sosteniendo a Dana. Jack se movió más rápido.

"Dana, ¿puedes sostener mis piernas?" preguntó Rachel. "Necesito ambas manos."

"Ok", respondió Dana mientras agarraba las piernas de Rachel. "Solo ten cuidado."

"Di adiós", dijo el trabajador a Rachel.

Justo entonces, Jack llegó a la cima donde estaban Dana, Rachel y el trabajador. Cuando Jack gruñó, el trabajador lo miró y Jack saltó sobre el trabajador para hacerlo caer al océano. Mientras las chicas lo veían caer, Rachel dijo, "adiós, adiós."

Cuando Jack miró sobre el borde, vio a las chicas. Cuando Dana y Rachel lo vieron, sonrieron y dijeron al mismo tiempo, "¡Jack!"

"Aquí", dijo Jack a Rachel. "Agarra mi cola y yo los jalaré hacia arriba."

Rachel agarró la cola de Jack y cuando él sintió su mano, comenzó a tirar tan fuerte como pudo. Cuando Rachel estaba a medio subir, soltó la cola de Jack y subió el resto del camino por sí misma. Dana soltó las piernas de Rachel para agarrarse del borde, luego Rachel y Jack ayudaron a Dana a subir.

Cuando Dana subió dijo, "Gracias, Jack."

"¿Están bien ustedes dos?" preguntó Jack.

Ambas respondieron al mismo tiempo, "sí."

"Creo que deberías ayudar a Whisper", dijo Jack mirando donde Whisper estaba luchando sola contra algunos de los trabajadores. "Parece que está en problemas. Necesito terminar con algunos de los trabajadores en la cubierta."

"¿Crees que deberíamos haber tomado una o dos espadas?" preguntó Dana.

"Para ayudar a Whisper, sí, deberíamos", respondió Rachel. "¿Cómo podemos?"

"Creo que sé cómo", respondió Dana. "Sígueme."

Dana y Rachel comenzaron a saltar sobre las cajas para ir a ayudar a Whisper.

Cuando estaban cerca de un trabajador, Dana tenía una sonrisa en el rostro.

"Quédate aquí", dijo Dana. "Espera hasta que diga que está bien." Dana fue detrás del trabajador, tomó dos de las espadas que estaban al lado de su cinturón, y lo pateó en el trasero, haciendo que cayera por el borde. "Bien hecho", dijo Rachel acercándose a Dana. "¿Das lecciones de patear traseros?"

"Muy gracioso", dijo Dana. "Se sintió bien hacer eso."

"Fue divertido", estuvo de acuerdo Rachel con Dana. "¿Por qué no lo hacemos de nuevo?"

"De acuerdo", respondió Dana, acercándose a otro trabajador haciendo lo mismo que hizo con el otro trabajador mientras tomaba dos espadas más de él.

"Me gustó eso", dijo Rachel.

"A mí también", estuvo de acuerdo Dana con Rachel mientras le entregaba dos espadas.

Cuando Dana se giró, vio a un trabajador detrás de Rachel, y entonces Dana gritó, "¡Rachel, detrás de ti!"

Rachel se giró y vio al trabajador balanceando su espada detrás de su cabeza para golpearla, pero ella se agachó bajo sus pies mientras él fallaba. El trabajador se dio la vuelta y estaba a punto de balancearse nuevamente cuando Dana llegó por detrás y pinchó su espada en el trasero del trabajador. Él gritó de dolor y Rachel lo pateó, haciendo que cayera por el borde al océano.

"¿Rachel, estás bien?" preguntó Dana, "¿Estás herida?"

"Estoy bien, Dana", respondió Rachel. "Ve a ayudar a Whisper mientras me encargo de estos tipos."

Dana asintió y comenzó a correr hacia Whisper para ayudarla. Dana tomó a los que estaban detrás de Whisper para que ella no se lastimara. Dana empujó a algunos de los trabajadores por el borde del barco y ayudó a Whisper a luchar contra algunos de los trabajadores con los que ella estaba luchando. "Gracias, Dana", dijo Whisper volando alrededor esparciendo polvo por todas partes para poner hechizos sobre ellos y hacer que se pelearan entre sí. "Pero puedo manejar esto; deberías detener al capitán, pero ten cuidado."

Dana comenzó a correr hacia donde el Capitán Bert estaba dirigiendo el barco y cuando el Capitán Bert escuchó que Dana se acercaba sacó una espada. Cuando Dana llegó a la puerta, se detuvo para tomar aire. Al mirar dentro, el capitán la estaba esperando.

"¿Por qué intentar pelear conmigo, Dana? Incluso si derrotas a mis trabajadores, no puedes vencerme. ¿Sabes por qué soy el capitán? Es porque puedo derrotar a cualquiera que se interponga en mi camino, así que deberías simplemente rendirte y entregarte."

"Preferiría no hacerlo, Capitán Bert", respondió Dana. "Nunca me has conocido antes y no escucho a las personas tan fácilmente."

Dana lanzó la espada por la habitación y el Capitán Bert la esquivó, pero el plan de Dana era entrar a la habitación para que no pudiera lastimarla. Cuando

"Mientras el Capitán Bert miraba la espada, Dana pudo entrar en la habitación y actuar como si todavía estuviera escondiéndose.

"¿Una espada, Dana?" preguntó el Capitán Bert. "¿Ese es tu plan? ¿Crees que soy estúpido?"

"Sí", respondió Dana detrás de él.

El Capitán Bert se giró y cortó el brazo de Dana, pero ella no lo pensó. Luego corrió a su lado y le mordió la mano para hacerle soltar la espada. Cuando el Capitán Bert soltó la espada, se empujaron hasta que Dana pisó su pie para darse suficiente espacio para hacerlo tropezar hacia una silla. Dana agarró la espada para asegurarse de que él no se moviera mientras la apuntaba a su cuello.

"Ahora, no usarás mi espada contra mí, Dana", dijo el Capitán Bert, "No tienes el valor."

De repente, Whisper entró en la habitación y Dana preguntó sin mirar, "¿Rachel, eres tú?"

"Soy Whisper", respondió Whisper. "¿Estás bien?"

"Sí, estoy bien", respondió Dana aún sosteniendo la espada. "¿Puedes ayudarme a atarlo?"

"Sí", respondió Whisper mientras ataba al capitán. Luego Rachel y Jack entraron luciendo preocupados. "Dana, ¿estás bien?" preguntaron Rachel y Jack al mismo tiempo. "Escuchamos mucho ruido."

"Sí, estoy bien", respondió Dana dejando la espada. "¿Y ustedes dos, o Crystal y Shadow, y qué pasa con los trabajadores?"

"Todos están bien", respondió Jack. "Terminamos de luchar contra los trabajadores."

"Dana", dijo Rachel mirando asustada. "Estás sangrando."

"¿En serio?" preguntó Dana mirando su brazo. "Nunca sentí eso. Entonces el capitán debe haberlo hecho cuando estábamos luchando."

Rachel se acercó a Dana y comenzó a vendarle el brazo.

"Bueno, ¿qué vas a hacer conmigo?" preguntó el Capitán Bert. "No puedes mantenerme aquí para siempre." "Podemos," respondió Dana. "Pero ¿por qué mantenerte? Podemos arrojarte al océano."

"Entonces simplemente nadaré hasta nuestro destino y advertiré a Ricky," dijo el Capitán Bert. "Sé dónde está y puedo usar mi conocimiento para llegar allí."

"¿En serio? Saqué tu brújula, mapa, armas y aunque sepas seguir las estrellas, está demasiado lejos," exclamó Dana. "Nos tomará un día más llegar a nuestro destino, y te tomará al menos tres o cuatro días en medio del océano."

"Entonces caminará por la tabla," dijo Rachel. "Dana tiene razón y sabemos cómo llegar porque el capitán nos lo dijo."

Dana y Rachel empujaron al Capitán Bert fuera del barco. Dejamos que Dana y Rachel dirigieran el barco ya que sabían cómo llegar a nuestro destino.

"Eso fue divertido," dijo Dana. "Pero siento que esto ya ocurrió antes."

"¿Por qué dices eso, Dana?" preguntó Jack confundido, y entonces todos miramos a Dana confundidos también.

"Es este libro que leí," respondió Dana. "Mucho de esto es lo que pasó en el libro, pero no pensemos en eso. Deberíamos pensar en un plan para detener a Ricky. Me pregunto qué estará haciendo."

CAPÍTULO 9

"No puedo creer que aún quieran seguir con este viaje," dijo Ricky enojado. "¿Solo para salvarte? Tuve que hacer todas esas trampas para detenerlos. No para divertirme ni para hacer más amigos."

"Como dije antes," dijo David. "No puedes detenerlos porque no se pueden detener."

"Entonces si quieren pelea, les daré una," dijo Ricky con una sonrisa en su rostro. "Cuando Dana vea esta piedra y la lea, sabrá quién soy realmente." "¿Qué quieres decir?" preguntó David. "¿Me mentiste?"

"Lo verás y muy pronto," respondió Ricky. Mientras Ricky planeaba otra trampa y nos acercábamos a nuestro destino, Robert seguía buscando a Dana y Rachel.

Después de que Robert y sus hombres buscaron por el arroyo, regresaron al rancho para que Robert pudiera pensar dónde más buscar.

"¿Dónde pueden estar?" se preguntó Robert. "Sé que Dana iría al arroyo para dejar libres a los caballos, pero ¿por qué no regresó? Johnson, ven aquí."

"Sí, señor," respondió Johnson, el mejor amigo de Robert. Johnson llevaba ropas marrones como Robert, tenía ojos verdes claros y cabello castaño claro. "¡Tráeme a Ricky!" ordenó Robert. "Él podría saber algo sobre Dana y Rachel. Sé que ha estado vigilándola durante algún tiempo."

"Señor, muchas personas lo han estado buscando," dijo Johnson. "Pero no podemos encontrarlo."

"¿Qué?" gritó Robert. "¿Cómo que no pueden encontrarlo?"

"Desapareció, señor," respondió Johnson. "No ha sido visto desde hace un tiempo."

"¿Cuánto tiempo?" preguntó Robert enojado.

"Desde aproximadamente el tiempo en que Dana y Rachel desaparecieron," respondió Johnson confundido. "¿Por qué señor, qué sucede?"

"Creo que sé dónde están," respondió Robert. "¡Consígueme un helicóptero!"

Mientras Robert esperaba el helicóptero, nos acercábamos más a tierra:

Era de noche y sentía que algo malo iba a suceder. Todos dormían excepto Shadow y yo me desperté de repente dentro del barco.

"¿Qué pasa, Crystal?" preguntó Shadow preocupado. "¿O tú también lo sentiste?"

"Sí, lo sentí," respondí. "Se acerca una tormenta. Tenemos que avisar a los demás."

Shadow y yo empezamos a correr hacia la cubierta para advertir a Dana, Rachel, Jack y Whisper.

"¡Dana, Rachel, salgan aquí!" grité. "¡Jack, Whisper, despierten!"

Dana, Rachel, Jack y Whisper salieron corriendo de la habitación del capitán luciendo confundidos y preocupados.

"¿Qué pasa?" preguntó Dana frotándose los ojos.

"Supongo que tú también lo sentiste," dijo Jack. "Me desperté y lo sentí. Luego desperté a Whisper."

"Yo también lo sentí," añadió Whisper. "Estábamos a punto de decirles a Dana y Rachel."

"¿Decirnos qué?" preguntó Dana, molesta. "¿Qué está pasando?"

"Se acerca una tormenta," respondió Jack. "Y está cerca." Dana y Rachel parecían sorprendidas con la boca abierta.

"¿Qué?" preguntaron Dana y Rachel al mismo tiempo. "Acabamos de sentirlo," respondió Shadow. "Y ahora creo que es demasiado tarde. Ya está aquí."

Todos miraron hacia el cielo cuando Shadow dijo eso. El cielo, antes azul claro, ahora estaba cubierto por oscuras nubes de lluvia grises. Todos oímos truenos, y el viento comenzó a soplar más fuerte haciendo que el océano se moviera. El barco se inclinó ligeramente y todos tuvimos que agarrarnos de algo para evitar caernos. Luego, el barco se inclinó ligeramente hacia el otro lado permitiendo que Dana y Rachel corrieran hacia la habitación del capitán. Corrieron hacia el timón para evitar que el barco volcara.

"¡Tenemos que salir de esta tormenta!" gritó Rachel a Dana. "¡No podemos quedarnos aquí!"

"¡Lo sé!" gritó Dana de vuelta. "Intentemos dirigirnos lejos de la tormenta hasta que pase."

Dana y Rachel intentaban dirigir con todas sus fuerzas alejándose de la tormenta. Shadow, Jack,

Whisper y yo seguíamos en la cubierta tratando de no caernos. Whisper puso un campo de fuerza sobre nosotros mientras se sujetaba de mí para mantenernos fuera de la lluvia y evitar que nos moviéramos de un lado a otro.

"¿Cómo estás, Whisper?" le pregunté. "¿Puedes mantener el escudo?"

"Hago lo que puedo," respondió Whisper. "Pero Dana y Rachel deben apurarse. No sé cuánto tiempo más puedo mantener el escudo."

"Voy a decirles a Dana," dijo Jack corriendo hacia la habitación del capitán.

"¡Espera, Jack!" gritó Shadow.

Jack subió donde estaba Dana y gritó, "¡Whisper no puede aguantar más. Tenemos que salir de esta tormenta!" "¡Ya casi estamos!" gritó Dana mientras ella y

Rachel se aferraban al timón.

Había un vislumbre de azul claro en el cielo hacia el que se dirigían. Finalmente salimos de la tormenta y entramos en aguas calmadas.

"Ahí, lo logramos," dijeron Dana y Rachel al unísono.

Después de que pasó la tormenta, empezamos a dirigirnos de nuevo hacia nuestro destino. Whisper estaba tan cansada de mantener el campo de fuerza que se quedó dormida en mi espalda. Estábamos cerca de tierra y casi al final de nuestra aventura. "¡Tierra a la vista!" gritó Shadow para que todos pudieran oírlo.

"Todos vemos eso, Shadow," dije yo. "Pero no somos humanos ni lo que Dana y Rachel llaman piratas."

"Solo estoy divirtiéndome un poco," respondió Shadow. "Lo sé," dije riendo.

"Espero que ese sea el lugar," dijo Dana. "Quiero decir, no sabemos si lo es."

"Bueno, está en el mapa," respondió Rachel. "Creo que es el correcto."

"¿Realmente crees que lo es?" preguntó Dana. "O, ¿estás pensando lo que yo estoy pensando?"

Rachel miró a Dana y asintió con una sonrisa. Pensé que todos estábamos pensando lo mismo. Rachel y Dana dijeron al mismo tiempo girando sus cabezas y mirando el mapa, "¡Es una trampa!"

"Me pregunto qué trampas nos habrá preparado esta vez," dijo Dana. "Todas sus otras trampas fallaron."

"Lo que me preocupa es David," dijo Rachel. "¿Y si llegamos demasiado tarde?"

"Rachel, voy a decirte lo que un amigo muy cercano mío me dijo cada vez que dije algo así," respondió Dana poniendo su brazo alrededor del cuello de Rachel.

"Mi amigo me dice que detendremos a Ricky y salvaremos a David y que también me calme." Dana dijo con una sonrisa radiante.

"Tienes razón, Dana," dijo Rachel sonriendo. "Detendremos a Ricky y salvaremos a David. No debería tener un colapso como tú lo haces, así que vamos."

"Ya sabes," dijo Dana con una mirada autosuficiente. "No necesitabas decir eso delante de mí o incluso en absoluto."

"Lo siento," dijo Rachel riendo.

Mientras todos bajaban del barco de pasajeros, Dana preguntó: "Whisper, ¿puedes ver si hay alguna casa, o al menos una casa?"

Whisper comenzó a volar más alto hacia el cielo, pero había demasiadas nubes en el camino como para que pudiera ver algo.

"Lo siento, Dana," respondió Whisper. "Las nubes estaban en mi camino."

"Está bien," dijo Dana. "Creo que deberíamos adivinar a dónde ir desde aquí."

Jack comenzó a oler el aire y dijo, "Creo que deberíamos ir por este camino. Huelo algo."

"Vale la pena intentarlo," respondió Rachel. "Seguiremos a Jack."

Todos empezamos a seguir a Jack hacia un pantano mientras él seguía oliendo el aire.

"Jack, ¿puedes oler algo?" preguntó Rachel. "¿O el pantano es demasiado húmedo para ti?"

"El pantano es demasiado húmedo," respondió Jack. "Lo siento, pero no puedo oler nada más."

"Al menos lo intentaste, Jack," dijo Dana. "Gracias de todos modos."

"Entonces tendremos que improvisar," sugirió Rachel. "Eso es más o menos lo único que podemos hacer."

"Ok," respondió Dana. "Entonces, ¿por qué camino deberíamos ir?"

"No lo sé," respondió Rachel. "Pero, lo que no quiero por aquí son caimanes o cocodrilos."

"Si conocemos a Ricky," dijo Dana, "seguro que hará que eso suceda."

"Me protegerás," dijo Rachel con una voz aterrada. "¿Verdad?"

"Lo haré, Rachel," respondió Dana tratando de calmarla. "Lo haré, y prometo que no te pasará nada." "Gracias, Dana," dijo Rachel comenzando a calmarse.

"Estoy realmente contenta de que estés conmigo."

"Fui yo quien quiso ir en esta aventura," dijo Dana. "Recuerda, Rachel."

"Sí," respondió Rachel. "Lo recuerdo, pero aún así, estoy contenta de que estés conmigo."

"Oh, Rachel," dijo Dana con una voz cansada. "¿Qué voy a hacer contigo?"

"Protégeme de los cocodrilos o caimanes que están frente a nosotros," respondió Rachel corriendo detrás de Dana.

Todos estaban asustados. Especialmente Rachel, que estaba detrás de Dana, pero teníamos que pasar por delante de estas criaturas. Había tres de estas criaturas que Shadow, Whisper, Jack y yo nunca habíamos visto antes. Tenían dientes afilados, colas largas y gruesas, sin pelo, patas pequeñas y gruesas que estaban cerca del suelo. Sus cuerpos tenían algo que Dana y Rachel llamaban escamas, que parecían pequeñas formas cuadradas o rectangulares. Rachel comenzó a gritar cuando las tres criaturas se acercaban, pero

Whisper voló sobre ellas y les echó algo de polvo. Justo como cuando lo hizo con nosotros en la selva tropical. Una de las criaturas dijo, "Tenemos hambre y queremos comerte."

Todos retrocedimos para alejarnos lo más posible de las criaturas. Jack se puso delante de nosotros y preguntó: "¿Por qué quieren comernos?"

"Comemos lo que está en nuestra tierra", respondió una de las criaturas. "Ustedes están en nuestra tierra, así que los comeremos."

"No dejaré que eso suceda", dijo Jack. "Ahora vamos..." "Jack, ni se te ocurra", gritó Dana mientras todos la miraban. "¿Necesito recordarte la última vez? Acabas de terminar de sanar. No, vas a reabrir tus heridas. Shadow y Crystal van a ayudarte esta vez. Rachel, Whisper y yo nos ayudaremos unas a otras y nadie va a salir herido. ¿Me escuchan todos?"

Ninguno de nosotros quería empezar una discusión con Dana, así que todos la escuchamos y íbamos a ayudarnos mutuamente. Una de las criaturas fue detrás de nosotros para luchar con Dana, Rachel y Whisper mientras que las otras dos criaturas iban a luchar con Shadow, Jack y yo.

Whisper comenzó la pelea volando sobre la criatura y cegándola con el polvo que le echó, pero la criatura todavía podía olerlos. Se sacudió el exceso de polvo y trató de morder a Whisper, pero falló.

"Rachel, tengo una idea", dijo Dana. "Solo quédate con Whisper."

Rachel asintió y Dana se colocó frente a la criatura. Intentó morderla, pero Dana se movió rápidamente. Dana comenzó a dirigirse hacia los árboles y la criatura siguió el olor y Rachel entendió lo que Dana...

Dana estaba tratando de atraer a la criatura más adentro del pantano para perderla. Funcionó después de unos minutos.

Dana llegó corriendo y dijo: "¿Te gusta mi idea?" Rachel comenzó a reírse y respondió: "Sí." En nuestro lado, una de las criaturas intentó morder la pierna de Shadow, pero falló. Luego, Shadow la pateó en la cabeza. La criatura lo intentó de nuevo, pero Shadow fue demasiado rápido y la golpeó de nuevo. La criatura retrocedió para que Shadow no la golpeara.

La criatura intentó morderme, pero yo también fui demasiado rápido. Luego, Shadow la pateó en la cabeza aún más fuerte y hizo que la criatura nadara lejos. Dana parecía preocupada por Jack mientras él y la criatura peleaban, pero Jack fue cuidadoso.

Cuando la criatura intentó morder a Jack, él saltó hacia atrás e intentó golpearla en los ojos con sus patas. La criatura fue inteligente y retrocedió antes de que Jack la golpeara, pero cuando Shadow y yo terminamos de pelear con la otra criatura, nos pusimos al lado de Jack. Dana, Rachel y Whisper hicieron lo mismo, pero cuando la criatura nos vio a todos juntos, dejó de atacar y se alejó nadando.

"¿Están todos bien?" preguntó Dana.

Todos respondimos al mismo tiempo sonriendo a ella, "Sí, Dana."

CAPÍTULO 10

"Eso estuvo demasiado cerca, Jack", dijo Dana aliviada. "Casi te atrapa, y a Crystal y a Shadow también."

"Lo sabemos, Dana", dijo Jack tratando de calmarla. "Pero podemos cuidarnos nosotros mismos. Tú y Rachel hicieron lo mismo cuando se fueron de casa."

"Lo siento, todos", respondió Dana, luciendo triste y decepcionada. "Es solo que, cuando Jack se lastimó pensé que estaba muerto y eso me asustó. No quería que nadie más saliera lastimado."

Todos nos sentimos tristes por Dana y comenzamos a abrazarla para consolarla.

"Bueno, estoy bien, Dana", dijo Jack acurrucándose a ella. "Estaré bien, lo prometo."

"Solo asegúrate de mantener esa promesa", dijo Dana con una pequeña sonrisa. "Yo me aseguraré de que cumplas esa promesa también."

"No lo tendría de ninguna otra manera", respondió Jack. "Además, ¿quién más actuará como mi madre?" "Oh, no creo que debieras haber dicho eso,

Jack", dijo Rachel riendo. "Creo que vas a tener problemas."

"Sí", respondió Dana riéndose mientras acariciaba a Jack. "Pronto lo vas a conseguir."

Todos comenzamos a reír por unos momentos y luego comenzamos a avanzar por el pantano. No sabíamos hacia dónde ir y todos sentíamos que íbamos en la dirección equivocada.

"¿Estamos dando vueltas en círculos?" preguntó Dana, molesta. "Podría jurar que ya había visto este árbol antes."

"¿Cómo puedes saberlo?" preguntó Rachel. "Para mí todos se ven iguales."

"Tal vez estamos dando vueltas en círculos", respondió Whisper. "Puede que no lo sepamos, pero tal vez estemos yendo en la dirección correcta."

Todos estaban confundidos.

"Esto es muy parecido a cuando estábamos en la selva lluviosa", dijo Dana. "Pero Whisper nos ayudó. Ahora estamos completamente perdidos."

"Whisper, intenta volar más alto", sugerí. "Dinos si ves algo."

"Esa es una buena idea, Crystal", dijo Jack. "Parece más claro ahora. Quizás Whisper pueda ver algo."

Whisper comenzó a volar más alto en el cielo para ver si había algo allá arriba que pudiera ver.

"Todos", gritó Whisper. "Puedo verlo y estamos yendo en la dirección correcta."

Whisper bajó y nos mostró el camino a través del pantano.

"Hemos estado caminando durante horas", dijo Dana. "¿Estás segura de que es por aquí, Whisper?"

"Estoy segura, Dana", respondió Whisper. "Lo vi más adelante."

"Tal vez deberíamos descansar", sugirió Shadow. "Está oscureciendo."

"Creo que Shadow tiene razón, Dana", Rachel estuvo de acuerdo con Shadow. "Deberíamos llegar por la mañana, y necesitamos suficiente energía..."

"Para detener a Ricky", Dana interrumpió rápidamente.

Rachel cruzó los brazos con un pequeño ceño mirando a Dana. Dana parecía un poco asustada y preguntó con una pequeña sonrisa y riendo, "¿Por qué me miras así?"

"Oh, sin razón", respondió Rachel. "Solo me gusta hacerte sentir miedo."

"No lo creo", dijo Dana. "Solo estás un poco molesta porque te interrumpí."

"Sí", Rachel estuvo de acuerdo. "Pero a veces solo necesitas tener cuidado con lo que dices. Podría meterte en problemas."

"Está bien, está bien", dijo Dana un poco irritada. "Vamos a encontrar..."

Dana se quedó congelada mirando un viejo túnel de minería. "Creo que lo encontramos", dijo Rachel. "Está más cerca de lo que pensamos."

"¿Así que tenemos que pasar por un túnel oscuro?" preguntó Whisper aterrada. "Realmente no me gustan los túneles oscuros."

"No te preocupes, Whisper", respondió Shadow tratando de calmarla. "Todos pasaremos juntos, y nos mantendremos cerca para no perdernos."

"Bien, antes de pasar por el túnel", dije. "¿Alguien tiene una luz?"

Todos negaron con la cabeza respondiendo que no. Dana parecía preocupada.

"¿Estás bien, Dana?" le pregunté, pero Dana no escuchaba. En lugar de eso, estaba pensando en algo que nos hacía invisibles, y entonces pregunté de nuevo, "¿Dana?"

"Oh, ah, ¿qué dijiste?" preguntó Dana sacudiendo la cabeza y todos la miraban. "No estaba escuchando, lo siento."

"Te pregunté si estabas bien", respondí. "Nunca me respondiste."

"Oh, sí, sí, estoy, estoy bien, estoy bien", respondió Dana actuando diferente y un poco asustada. "Es solo que, esto es tan familiar."

"¿Qué?" preguntó Rachel. "¿Te refieres al libro que sigues mencionando? ¿También tenía un túnel?"

"Sí", respondió Dana. "Es casi como si fuera..., no importa. Os lo diré después de que derrotemos a Ricky. Entonces, ¿alguien tiene una luz?"

Todos miramos a Dana con rostros serios. "¿Qué?" preguntó Dana.

"Ya respondimos esa pregunta", respondió Shadow. "¿O no lo escuchaste?"

"No lo escuché", respondió Dana. "Lo siento."

"Está bien, Dana", dijo Jack. "Solo necesitamos encontrar algo para..., ¿Whisper?"

"Sí", respondió Whisper. "¿Qué pasa?"

"¿Puedes convertirte en una luz?" preguntó Jack. "Puedes guiarnos a través del túnel."

"Creo que puedo", respondió Whisper. "Esperen."

Todos observamos cómo Whisper se convertía en una luz brillante lanzando algo de su polvo al aire, dejándolo caer sobre ella.

"Está bien", dijo Whisper brillando como una estrella brillante en el cielo. "¿Estamos todos listos para pasar por el túnel?"

"Pensé que tenías miedo de pasar por el túnel", preguntó Shadow. "¿Qué te hizo cambiar de opinión?"

"Me doy cuenta de que estaré bien", respondió Whisper aún brillando intensamente. "Tengo a mis amigos conmigo."

"Eso es bueno", dijo Rachel. "Entonces, ¿puedes ser lo suficientemente valiente para ir primero?"

Whisper parecía aterrada y comenzó a perder su luz, como las luces de una casa que se atenúan lentamente.

"Bonito, Rachel. Whisper está empezando a apagarse", dijo Dana.

Luego miró a Whisper. "No te preocupes, Whisper.

Yo iré primero y tú solo tienes que darme suficiente luz para que pueda ver, ¿de acuerdo?"

"Me gustaría eso, Dana", respondió Whisper aliviada volviéndose una luz brillante de nuevo. "Muchas gracias."

CAPÍTULO 11

Comenzamos a pasar por el túnel y se fue oscureciendo, pero con Whisper brillando como una estrella brillante; nos permitió ver claramente.

"Siento como si estuviéramos bajando", dijo Dana, confundida. "No en línea recta."

"Sí, yo también lo siento", estuvo de acuerdo Rachel con Dana. "¿Por qué será eso?"

"Quizás, el escondite de Ricky está bajo tierra", respondió Jack. "O tal vez es un truco, y su escondite es realmente la casa en la superficie y no bajo tierra."

"¿Entonces no deberíamos volver?" pregunté.

"No, no deberíamos. Su escondite podría estar aquí", respondió Dana. "Cuando salgamos del túnel, Jack y Whisper pueden volver para ver si esa casa es su escondite. Si lo es o no, vuelvan aquí y díganos."

Cuando salimos del túnel, Jack y Whisper regresaron a él.

"Supongo que este es el escondite de Ricky", dijo Rachel mirando una piedra en el medio de la sala con espacio vacío alrededor. Había diferente equipo a los lados y algunas celdas entre algunos de los equipos.

"¡Rachel, Dana!" gritó una voz. "¿Son ustedes?" Dana y Rachel dijeron al mismo tiempo, "¡es David!"

Dana y Rachel empezaron a correr hacia donde estaba David y Shadow y yo les seguimos. Entonces Dana miró la piedra y dejó de correr, pero Rachel no se dio cuenta y siguió corriendo hacia David. Dana empezó a caminar hacia la piedra con una mirada perpleja en su rostro y estaba ajena a cualquier sonido que intentara alcanzarla, como si estuviera sorda.

"No puede ser," dijo Dana para sí misma mirando hacia la piedra. "No debería ser."

Mientras Dana estaba mirando la piedra, Rachel estaba cerca de la celda donde estaba David.

"David, ¿estás bien?" preguntó Rachel asustada. "Estoy bien," respondió David. "¿Puedes sacarme de esta celda?"

"Creo que sí," respondió Rachel pensando en alguna manera de sacarlo.

"Crystal, Shadow, ¿pueden intentar mover las barras de lugar? David, aléjate."

Shadow y yo caminamos hacia la celda y movimos las barras para que David pudiera salir.

"Gracias, Rachel," dijo David. "Gracias, Semental."

"Mi nombre es Shadow, y de nada," explicó Shadow, mientras David lo miraba como si nunca antes hubiera visto hablar a un caballo.

"¿Estás bien?" preguntó Rachel a David mientras él miraba a Shadow con una mirada asustada. "David, ¿qué pasa?"

"Así que es verdad. Realmente puedes hablar", dijo David. "Pensé que Ricky estaba bromeando conmigo."

"No, es verdad", corrigió Rachel. "¿Cómo sabías que Shadow podía hablar?"

"Ricky ha estado observándonos desde todos lados", respondió David. "Tenemos que salir antes de que vuelva. Dijo que tiene una sorpresa para ustedes chicas, y no creo que sea algo bueno."

"Tampoco lo creo", estuvo de acuerdo Rachel con David. "Está bien, entonces vámonos Dana", dijo Rachel de repente preguntándose dónde estaba Dana y sin saber que estaba cerca de la piedra. "¿Dana?"

"¿Qué le pasa a Dana?" preguntó David mientras todos la mirábamos.

Rachel respondió, "No lo sé."

Luego Rachel llamó de nuevo el nombre de Dana.

Dana no dio ninguna respuesta, como si fuera sorda.

"Recuerdo que Ricky dijo algo sobre Dana", dijo David. "Algo sobre que ella sabía lo que esa piedra es."

"Tal vez, tenga algo que ver con el libro que leyó", pensó en voz alta Rachel.

"¿Qué tiene de interesante esa piedra para ti, Dana?" gritó.

Rachel, David, Shadow y yo nos acercamos a la piedra y la miramos. En la piedra había escritura, pero no pude leerla porque era un idioma diferente que nunca había visto antes.

"Dana, ¿por qué te interesa tanto esta piedra?" preguntó Rachel, pero aún no había respuesta de ella. "Dana,

"ahora estás empezando a enfadarme, así que ¿qué tal si despiertas de este trance?"

Dana no dio respuesta aún, y podía ver a Rachel empezando a enojarse.

"¡Dana, despierta!" gritó Rachel mientras hacía que Dana moviera la cabeza.

"¿Qué... qué, qué dijiste?" preguntó Dana sosteniendo su cabeza. "No te escuché."

"Finalmente, si no te conociera pensaría que estabas en trance o algo así", dijo Rachel aliviada. "Lo que pregunté es por qué te interesa tanto la piedra."

"Oh, es porque..."

"La piedra es del libro", respondió Ricky interrumpiendo a Dana mientras todos mirábamos hacia atrás para verlo.

Entonces, Dana y Rachel dijeron al mismo tiempo, "¡Ricky!"

"Hola, Dana y Rachel", dijo Ricky con una sonrisa. "Solo estaba esperando por ustedes, y aquí están."

"¿Qué quieres, Ricky?" preguntó Dana. "¿Cuál es tu plan, o es la piedra de Albemore tu plan?"

"Muy astuto", respondió Ricky. "Pero, llegan demasiado tarde. Porque he comenzado antes de que intentaran liberar a Crystal y a Shadow. Todo lo que tuve que hacer fue secuestrar a David como cebo para que cayeran en mi trampa."

"¿Qué quieres decir?" preguntó David. "Me mentiste, aunque Dana sabía lo que era esa piedra."

"Te mentí para que no les dijeras", respondió Ricky. "Sabía que Dana sabe sobre la piedra de

"Albemore y quería saber si ella podría reconocerla.

La historia sobre ese estúpido Robert era falsa, así que podía mantener la verdadera historia."

"Mi padre no es estúpido", dijo Dana enojada. "Es mucho más inteligente que tú. Vamos a detenerte, cueste lo que cueste."

Ricky comenzó a reír de una manera diabólica. "Crees que puedes detenerme", dijo Ricky. "¿Cómo vas a detenerme? La piedra está encendida y tú sabes exactamente lo que eso significa, Dana."

Dana lo miró con la boca ligeramente abierta, y luego se volvió hacia la piedra.

"Dana, ¿qué significa eso?" preguntó Rachel. "Eso no tiene sentido para mí, y quiero saber qué está pasando ahora mismo."

"Es difícil de explicar, Rachel", dijo Dana mirando la piedra. "No sé por dónde empezar."

"No me importa si te toma todo el año", dijo Rachel. "Quiero saber ahora."

"Primero, tú eres quien me dice que me calme", dijo Dana. "Creo que te diré que te calmes."

"Dana, por favor dínoslo", pedí. "También nos gustaría saber qué está pasando aquí."

"Es una historia larga", respondió Dana. "Pero, podría contárselas."

"En el libro", comenzó a decir Dana. "La piedra tiene poderes mágicos que pueden cambiar o rehacer la historia."

"¿Qué?" preguntó Rachel con una cara sorprendida.

Dana started to think how she could define what she said.

"Well, it's like this," Dana exclaimed. "If something happened a long time ago that had something to do with the stone and someone reactivated it, the stone would redo time. They can make it happen again, but with different people."

"Then does that mean that it's doing the same thing?" Rachel asked. "But, with us?"

"Yes," Dana answered. "But, that's only because Ricky reactivated the stone causing it to redo history. That means we're in Albemore, like in the book."

"So, that's what you were taking about," David said looking at Ricky. "But why need Dana here?"

Everyone turned to look at him.

"Why not let Dana tell you," Ricky answered. "She knows everything about me and the stone."

"So, all you want me to do is tell them everything while you watch?" Dana asked. "How about you tell them instead of me, or else you might not know what to do and get all the information out of me."

"I do know everything," Ricky yelled angrily. "I'm Borabus, and my ancestor was Corabus which you should know."

"No, that can't be," Dana said frightened. "You can't be him."

"Oh, but I am," Ricky answered. "And do you know who you are?"

Dana pensó por un momento sobre lo que Ricky preguntó. Se veía confundida hasta que mostró una expresión de sorpresa.

"Ahora lo sabes", dijo Ricky después de ver la expresión sorprendida de Dana. "Eres la ancestro de Aura. Ahora, prepárate para tu final."

CAPÍTULO 12

Los trabajadores de Ricky salieron y nos rodearon.

"No, eso no puede ser", dijo Dana con una mirada inexpresiva en su rostro mientras se sostenía la cabeza. "No puedo ser ella. Aunque tiene sentido, simplemente no puedo ser ella."

"Dana", dijo Rachel. "¿Qué te pasa? Solo porque seas la ancestro de alguien que hizo esto antes no significa que puedas entrar en pánico. Estamos rodeados por los trabajadores de Ricky, así que reacciona. ¡Solo dime qué puede hacer la piedra!"

"¿Qué quieres decir?" preguntó Dana.

"Lo que quiero decir es, ¿puede esa piedra hacer algo malo o algo así?" preguntó Rachel.

"Sí", respondió Dana. "Muy malo."

"Entonces, ¿qué?" preguntó Rachel. "¿Qué puede hacer?"

Dana tomó una respiración profunda como si perdiera algo de ella. "En la piedra, dice..." Dana respondió y luego se detuvo.

"¿Qué?" preguntó Rachel. "¿Dice qué?"

"Dice que quienquiera que lo derrote", respondió Dana, "será conocido como el rey o la reina de las estrellas. Tendrán tanto el cuerpo como el alma puestos en las estrellas y serán vistos noche tras noche. Si fallan, el mal gobernará el mundo."

Rachel miró a Dana con una cara extraña como si nunca hubiera escuchado algo así antes.

"Bueno, no dejemos que eso suceda", dijo Rachel. "Intenta encontrar una manera de detener esto, ¿o ya hay una manera de detenerlo?"

"La hay", respondió Dana. "Hay dos maneras."

"Entonces, ¿cuáles son?" preguntó Rachel.

"O detenemos a Ricky y salvamos el mundo, o lo quemamos en fuego", respondió Dana.

"¿Qué quieres decir?" preguntó Rachel.

"Empujamos la piedra hacia un fuego", respondió Dana.

Rachel miró a Dana como si estuviera loca.

"¿Qué?" preguntó Dana. "¿Por qué me miras así?"

"Oh, sin razón", respondió Rachel. "Pero, ahora ¿qué podemos hacer? Ricky nos tiene atrapados, a menos que luchemos."

"Puede que necesitemos hacer eso", respondió Shadow.

Entonces, de repente, Jack y Whisper llegaron y sorprendieron a los trabajadores y dijeron: "Ayudaremos a Dana y Rachel. Crystal, tú ayuda a Shadow, y ten cuidado."

"Bien", dijo Ricky. "Ahora el grupo está completo. ¡Ataquen!"

Todos los trabajadores comenzaron a correr hacia nosotros e intentaron atraparnos. Shadow y yo los pateamos mientras Jack los mordía y Whisper los cegaba.

"Dana, ¿qué hacemos?" preguntó Rachel. "¿Cómo podemos ayudar?"

"Tenemos que mirar la piedra", respondió Dana. "Hay un encantamiento o algo que podría darnos poderes para protegernos, pero solo por un corto tiempo."

"Ok", dijo Rachel. "Entonces, lee."

Dana comenzó a leer la piedra lo más rápido que pudo. No entendía cómo podía leer la piedra.

"Rachel, lee esto conmigo", dijo Dana. "Creo que este es el correcto."

"¿Cómo puedo?" preguntó Rachel. "No puedo leerlo." "Repite después de mí", respondió Dana. Empezó a hablar en un idioma extraño y luego comenzó a brillar en un amarillo brillante.

"¿Qué diablos...?" dijo Rachel asombrada. "Guau", dijo Dana aún brillando. "Esto es genial."

De repente, uno de los trabajadores de Ricky intentó atacar a Dana, pero el resplandor a su alrededor la protegió y derribó al trabajador.

"Guau", dijo Rachel. "¿Cómo puedo obtener eso?" "Di la invocación como lo hice yo", respondió Dana.

"Así es como obtienes este resplandor."

Rachel dijo la invocación y comenzó a brillar como Dana. Ambas comenzaron a luchar teniendo el escudo a su alrededor, deteniendo cada ataque.

Todos seguimos luchando hasta que vi a Ricky corriendo hacia la piedra. Vi que la estaba leyendo, y luego comenzó a brillar en amarillo brillante como Dana y Rachel. Luego, comenzó a dirigirse hacia ellas.

"Shadow", dije. "Mira a Ricky, está brillando y se dirige hacia las chicas."

"Tienes razón", dijo Shadow mirando a Ricky. "Intentemos advertirles."

Shadow y yo empezamos a galopar hacia Dana y Rachel tratando de pasar por los trabajadores de Ricky.

"Dana, Rachel", grité. "Miren detrás de ustedes".

Se dieron vuelta después de terminar y vieron a Ricky brillando como ellas.

"Hola chicas", dijo Ricky con una sonrisa de autosuficiencia. "Está furioso", dijo Rachel.

"¿Qué te hizo pensar eso?" preguntó Dana riendo.

Ricky sacó una espada, y entonces Dana tomó dos espadas de uno de los trabajadores y lo pateó en el trasero.

"Genial", dijo Rachel. "¿Das clases de patear traseros?" "Ya lo habías dicho antes", respondió Dana.

"Lo sé", dijo Rachel. "No puedo evitarlo."

"Aquí tienes", dijo Dana dando una de las espadas a Rachel. "Terminemos esto de una vez por todas." Estaban a punto de luchar cuando de repente, llegó un helicóptero y humanos saltaron de él sujetándose de cuerdas.

"¿Qué diablos...?" dijeron Dana, Rachel y Ricky al mismo tiempo.

Luego, vi a Robert cuando aterrizó en el suelo.

Él estaba liderando a los otros humanos.

"¡Papá!" dijo Dana con una cara perpleja y todavía brillando en amarillo brillante. "¿Qué haces aquí?"

"Iba a hacerte la misma pregunta", respondió Robert. "¿Por qué estás brillando? ¿Por qué no regresaste después de liberar a los caballos? ¿Por qué Rachel y Ricky están brillando? ¿Por qué hay animales salvajes por todas partes? ¿Qué está pasando?"

"No ahora papá, es una historia larga", respondió Dana. "No regresamos porque Ricky..."

"Estaba tratando de ayudarlos", dijo Ricky interrumpiendo a Dana.

"Eso no es lo que pasó en absoluto", dije. "Tú lo sabes, Ricky".

Robert y los otros humanos parecían sorprendidos y confundidos cuando hablé.

"¿Cómo puede hablar ese caballo?" preguntó Robert volviéndose hacia Dana.

"Esa es otra historia larga...", dijo Dana hasta que Ricky la agarró sosteniendo la espada en su cuello.

Entonces Ricky dijo, "De la que no escucharás, Robert."

"¡Suéltala Ricky!" exigió Robert. "¿Por qué no hablamos de esto en lugar de lastimar a alguien?"
"No", respondió Ricky. "He tenido suficiente de escucharte. Ahora, me dejas subir a ese helicóptero o le haré daño a Dana."

"Ya me harté de ti, Ricky", dijo Whisper. "Vas a soltarla ahora mismo o... o yo..." De repente, Whisper comenzó a brillar en azul claro y comenzó a crecer hasta el tamaño de un caballo normal. En lugar de pelo blanco, tenía pelo azul con alas largas azules, pero su crin y cola seguían siendo negras. Voló al aire y empezó a oscurecer el almacén y agarró a Dana.

"Gracias, Whisper", dijo Dana cuando Whisper la dejó en el suelo.

"Dana", dijo Rachel corriendo hacia ella y Whisper con todos los demás detrás de ella. Rachel y Robert preguntaron al mismo tiempo, "¿Estás bien?"

"Estoy bien", respondió Dana y se giró hacia Whisper y la abrazó. "Supongo que finalmente rompiste ese hechizo sobre ti."

"Sí", dijo Whisper y Dana dejó de abrazarla. "Sí, lo hice."

"Haré preguntas más tarde", dijo Robert y luego la luz amarilla brillante sobre Dana, Rachel y Ricky desapareció.

"Supongo que nuestros poderes se han ido", dijo Rachel.

Dana dijo decepcionada, "Me gustaban esos poderes."

"¡No!" gritó Ricky. "Nada de esto debía suceder. Se suponía que iba a gobernar el mundo."

"¿Ah, sí?" preguntó Dana. "¿Terminaste el libro? Al final, el malo pierde."

"Bueno entonces", dijo Ricky acercándose a una palanca y tirando de ella hacia atrás. "Esto será diferente."

De repente, el almacén comenzó a desmoronarse, abriendo fuego bajo el suelo cerca de la piedra.

"¡Ataquen!" gritó Ricky a sus trabajadores.

Comenzaron a rodearnos hasta que Whisper sopló hielo de sus alas congelándolos.

"Guau", dijeron Dana y Rachel al mismo tiempo, mirando a Whisper.

"¿Qué?" preguntó Whisper. "Ese era uno de mis poderes antes de que me pusieran ese hechizo."

Luego, todos caminamos hacia Ricky y Ricky retrocedió cerca del agujero con fuego en él.

"No", dijo Ricky. "Esto no es el fin para mí."

"¿Quieres apostar?" preguntamos Shadow y yo al mismo tiempo, y luego ambos pateamos a Ricky y la piedra hacia el fuego mientras él gritaba, "¡Nooooo!"

Entonces, todo el almacén comenzó a desmoronarse, sacudiendo el suelo.

"Tenemos que salir de aquí", gritó David. "Todos por el túnel", gritó Jack.

Todos comenzamos a correr por el túnel y salir de allí antes de que cayera al suelo.

Todos miramos hacia atrás mientras el almacén se derrumbaba y vi a mis padres a lo lejos, pero no vinieron a ver si estaba bien. Empecé a pensar si había algo que olvidé.

De repente, la luz bajó del cielo. Shadow y yo empezamos a flotar en el aire y comenzamos a subir hacia el cielo.

Recordé lo que dijo Dana.

"Dana, ¿qué está pasando?" preguntó Rachel. "¿Qué está sucediendo?" "Recuerda lo que dijo la piedra", respondió Dana mientras todos miraban a Shadow y a mí. "Quien lo detenga tendrá tanto el cuerpo como el alma en las estrellas y será visto noche tras noche para siempre."

Shadow y yo nos convertimos en constelaciones. Podían vernos mirándolos desde arriba y finalmente me di cuenta de por qué las cosas suceden por una razón. Nací en este mundo para ayudar a Dana y Rachel y para ayudar a salvar el mundo. Ahora, soy una leyenda y estoy orgulloso de ello.

"Entonces, supongo que eso es todo", dijo Dana con una lágrima corriendo por su cara. "Siempre voy a recordar esto por el resto de mi vida."

"Sí, yo también", dijo Rachel también con una lágrima corriendo por su cara. "Pero una cosa más, ¿tenemos que atravesar el desierto otra vez?"

Entonces, todos comenzaron a reír.

EPILOGIO

Después de que Shadow y yo nos convertimos en constelaciones, mis padres fueron al rebaño para contarles lo que nos había pasado. Todos estaban tristes por nosotros, pero siempre nos verán en las estrellas para siempre. Mis padres se quedaron y cuidaron del rebaño. David, Jack y Whisper se quedaron con Dana y Rachel para ser una familia feliz. Pero Shadow y yo sabemos que nunca seremos olvidados. Dana y Robert se acercaron más como debería ser entre padre e hija. Robert dejó de atrapar tantos caballos salvajes y en cambio comenzó un santuario para protegerlos para que pudieran vagar libres. A Dana le gustó eso más que nada y ayudó a salvar a los caballos junto con Rachel. "Entonces Whisper les dio a todos la habilidad de hablar", dijo Robert después de que Dana y Rachel le contaran lo que sucedió. "También tuviste que salvar a David de Ricky."

"Sí", dijo Dana. "Una historia loca."

"Fue extraño", dijo Rachel de acuerdo con Dana. "Pero salvamos a David y al mundo del mal."

"Aún así me encantó", dijo Dana. "Fue increíble."

"Quizás deberías escribir un libro sobre ello", sugirió David. "Apuesto a que será un gran éxito."

"David, ya está ahí fuera", dijo Whisper corrigiéndolo. "Hay un libro sobre lo que pasó hace mucho tiempo."

"Sí lo hay", dijo Dana. "Como dije antes durante el viaje, leí un libro que era similar a lo que nos pasó a todos, excepto por papá llegando en un helicóptero. Eso fue nuevo y no estaba en el libro."

"¿En serio?" preguntó David, confundido. "¿Cómo se llama?" "Viaje a Albemore", dijeron Dana y Rachel al mismo tiempo.

"Albevoe", dijo David tratando de pronunciarlo. "No, Albemore", dijo Dana riendo.

"Albadore", dijo David intentándolo pronunciar de nuevo. "No, Albemore", dijo Rachel riendo.

"Albanoe", lo intentó David de nuevo.

"No", dijeron Dana y Rachel al mismo tiempo riendo y cayeron al suelo. Se rieron tanto y no podían hablar que todos comenzaron a reír.

En cuanto a Shadow y a mí, seremos felices como constelaciones. Podremos vigilar a todos, especialmente, a todos nuestros amigos. Siempre nos verán mirarnos cada noche.

También hay otra cosa que olvidé mencionar. Shadow y yo estamos justo al lado de los caballos que salvaron el mundo hace mucho tiempo. Así que, ahora espero que entiendas por qué las cosas suceden por una razón. Todo lo que realmente necesitas hacer es tener coraje y nunca dejar de luchar por el mundo.